腕が鳴る

桂 望実

祥伝社

腕が鳴る

装画　kigimura

装幀　野中深月

目次

第一話

買い過ぎた家

1

「どっこいしょ」と呟《つぶや》いて安達《あだち》タカ子《こ》は腰を上げた。

壁のモニターを覗《のぞ》く。

あら。こういう感じの人なの？　ちょっと想像していたのとは違う。もっとなんていうか……

まぁ、外見をどうこう言ってもしょうがないわね。

タカ子は通話ボタンを押した。「はい」

モニターの中の女性が口を開く。「こんにちは。整理収納アドバイザーの中村真穂《なかむらまほ》でございます」

タカ子は「お待ちください」と言ってから玄関に向かう。

ダイニングから玄関までの廊下には、ペットボトルが入った段ボール箱や米、新聞紙の束などが置かれていて、一人通るのがやっとの状態になっていた。

転ばないよう注意深く足を進める。

七十一歳のタカ子は、去年から左膝《ひざ》が少し動かし難《にく》くなっている。

灯《あか》りのスイッチを点《つ》けてから、三和土《たたき》のサンダルに足を入れた。

玄関ドアを開けると、二百パーセントの笑みを顔に貼り付けた真穂がいた。

真穂が頭を下げた。「こんにちは。お電話を頂きまして有り難うございました。本日はどうぞ宜《よろ》しくお願い致します」

「見積もりですよ。今日お願いするのは見積もりだけですからね。お願いするかどうかはまだ決めていませんので」と念を押した。

「承知しております。本日は整理を希望されていらっしゃる場所を拝見しまして、作業料金の見積もりをお出しするだけでございます。ご安心くださいませ」

タカ子は「お上がりください」と言って真穂を招き入れた。

五十代ぐらいに見える真穂は、かなり明るい栗色に髪を染めていて、カチューシャを着けていた。そして肩より少し長い髪を綺麗《きれい》に内巻きにしている。白と青のストライプ柄のブラウスの胸には、フリルがたくさん付いていた。それに黒いフレアスカートを合わせていた。

いくら見積もりだけとはいえ、そんな高級レストランに食事に行くような格好をする人は、ちょっと常識に欠けているのかも。この人――大丈夫かしら。常識のない人に頼んだりしたら、片付けどころか、家中がとんでもないことになったりしない？　不安だわ。用心しないと。

先週、郵便受けにチラシが入っていた。〈整理と収納はプロに任せちゃいましょう〉と大きな文字で書かれたそれには、整理前と整理後の写真が載っていた。心魅《ひ》かれたが迷った。本当にその写真のように片付くのかどうか分からなかったし、見積もりは無料と書いてはあったが、作業料金は物凄《ものすご》く高いかもしれないから。一人ではどうにもならないのだから、頼むしかないとの結論に達するまでに一週間掛かった。そしてチラシに書かれていた携帯の番号に、電話をしたのだった。

真穂がまず上の部屋から見たいと言うので、階段を上った。

タカ子は一番手前のドアを開けて説明をする。「ここは息子が使っていた部屋なんですが、今は物置き場になっています。冬用の布団とか、炬燵《こたつ》とかです。えっ？　押入れの中ですか？　中には……息子の物があるんじゃないかしら。小さい頃に描いた絵とか、通知表とか、そういうものが。しばらく覗いていないからはっきりしませんけれど。ここにある物をどかさないと、襖《ふすま》が開けられないでしょ、だから。それはゴミ袋。安くなっている時にまとめ買いするんですよ。腐る物じゃないから」

真穂はタカ子に断ってから、スマホで部屋の写真を撮り始める。

そして聞いた。「今回お電話をくださったのは、なにかきっかけがあったのでしょうか？」

「チラシを見たからですよ。やらなきゃと強く思っている時だったから、目に留まったんでしょう」

「そうでしたか。お電話を頂きまして有り難うございました。タカ子様はお家がどんな風になるのを、希望されていらっしゃいますか？」

「どんな風って……誰が見ても、片付いていると思って貰《もら》えるようにしたいです」

「誰が見ても……どなたか特に見せたい方がいらっしゃるのでしょうか？」

タカ子は少し迷ってから答えた。「息子夫婦に。私はここで一人でちゃんと生活が出来ていると、思わせたいんです。少し物が多くて、片付けがちょっと追い付いていないだけなのに、息子夫婦は私をダメ人間扱いするんです。それで老人ホームに入所したら、なんて言ってくるんです」

哀《かな》しさと口惜《くや》しさが一気に蘇《よみがえ》る。

息子は言った。「家をこんな酷《ひど》い状態にしてしまうっていうのは、もう一人じゃ暮らせないってことだよ。老人ホームに行く時期になったんじゃないか？」と。

老人ホームで暮らすなんて絶対に嫌。抵抗しなくては。私はこれまで希望を口にしても、聞いて貰えないことが多かった。親も、夫も、そして今では息子までもが、私の気持ちを無視する。でもこのことだけは絶対に私の意思を通さなくては。

真穂が言う。「それではご子息様とその奥様に、タカ子様がここで一人で暮らせることを納得させるのが、目的なんですね？」

頷《うなず》く。「だからプロの人に手伝って貰うのは内緒なの」

真穂は真面目な顔で「承知しました」と答えた。

次に廊下の一番奥の部屋のドアを開けた。

タカ子は説明する。「ここは主人の書斎でした。五年前に亡くなったんですが、主人が使っていた本や資料がたくさんあって、私にはどうやって片付けたらいいのか分からなくて、そのままにしてたんです。そのうちに置き場所に困った物なんかを、ここに運ぶようになってしまって、ここも物が溢《あふ》れる部屋になってしまったんです」

「失礼します」と言って真穂が中に足を踏み入れた。そしてぐるりと部屋を見回す。

左右の本棚にはたくさんの本が並んでいて、デスクの上にも本が積み重なっている。押入れの前にはプラスチック製のワゴンが三台あり、その中央のキャスターの一つが壊れて傾《かし》いでいた。そこには様々な大きさの小箱が載っていた。ドアの横には来客用の座布団があり、その上には大きな風呂敷包みが積んである。

真穂が言った。「本がたくさんありますね」

「古典文学を研究していた人でしたから、文献が色々と」

「貴重な本なんでしょうね」

「私には分かりませんが、そうかもしれませんね」

「旦那様とはどこで知り合われたのですか？」

そんなこと……どうして聞いてくるのかしら。別に聞かれて困ることではないけれど。

「お見合いです」とタカ子は答えた。

「そうでしたか。どんな旦那様でしたか？」

「どんな……ですか？」

「はい。タカ子様のこれまでのこと、これからのことを教えて頂きたいのです。どんな風に生きてこられたのか、なにを大切にされてきたのか、これからどうされたいと思っているのか。そういうことをお聞きした上で、タカ子様にとって最適な、整理と収納のアドバイスをさせて頂きたいと考えております。勿論《もちろん》、なにを処分して、なにを残すのかの判断はタカ子様にして頂きますが」

「……そういうものなんですか？」

「他の整理収納アドバイザーも、同じようなやり方をしているのかは分かりませんが、わたくしはそうさせて頂いております」

なんだか……大変なことなのね。片付けるって。

半信半疑ながらもタカ子は言う。「主人は……主人は静かな人でした。大きな声を上げたことは一度もありませんでした。息子がまだ小さい頃にね、二歳とか三歳とか、それぐらいの時の話ですけれど、悪戯《いたずら》をするでしょ。そういう時にも主人は怒ったり、大きな声を上げたりはしないんです。いつもの静かな調子でやってはいけない理由を、小さな子どもに淡々と説明するような人でした」

「このようなことをお尋ねして恐縮なのですが、ご夫婦仲はずっと円満でいらっしゃいましたか？」

タカ子は首を捻《ひね》る。

円満だったのかしら。

夫がなにかを決める時、タカ子に相談することはなかった。住まいも旅行先も、息子の習い事も進学先も、全部夫が一人で決めた。タカ子が「ここがいいのでは」と意見を言っても、夫は冷たく微笑《ほほえ》んで「君はなにも考えなくていい。私に任せておきなさい」と聞く耳をもたなかった。

家計の管理さえもタカ子は任せて貰えなかった。毎月決まった額の現金を夫から貰い、それで食材や日用品を買った。購入した日付や店名、品名などを記したノートと残金を、月の最終日に夫に見せて、次の月の分を貰った。たまに服を買った時などには、それが必要だった理由を、一生懸命説明しなくてはならなかった。大した金額ではないのに、夫の許可を貰おうと必死になる度に惨《みじ》めな思いをした。それは夫が五年前に入院するまでずっと続いた。鈍《にぶ》い女には任せられないと、夫は思っていたのだろう。

タカ子は小さい頃から鈍いと言われてきた。考えをまとめるのに他の人より少し時間が掛かるし、話し方がややゆっくりだから。そうではあっても他人様《ひとさま》と同じように考えられるし、感情だってあるのに、タカ子の意見や気持ちは軽視された。

真穂の視線に気付いて、タカ子はあっと思う。質問されてから随分時間が経《た》ってしまった。

タカ子は答える。「別れ話が出たことはありませんでした」

タカ子の答えからなにかを感じ取ったのか、真穂はそれ以上夫のことを聞いてこなかった。

真穂はワゴンの上の箱を手で指した。「この箱の中も本ですか？」

「いえ、それは食器です。元々私は食器が好きで。でも主人がいる間は買えなかったんです。なんでこんな物を買ったんだと、言われてしまいますからね。主人が五年前に亡くなって、気兼ねなくお金を使えるようになったものですから、嬉《うれ》しくなってしまって。ちょっと買い過ぎてしまったんです。で、台所に置けない分を、そこに」

それからタカ子の寝室に案内した。

八畳の部屋の奥にはベッドがあった。その周りの床には服が山積みになっている。そして奥にある五段の和箪笥《だんす》のすべての引き出しからは、服が溢れていた。いつの頃からか、引き出しを閉められなくなってしまった。洋服箪笥の扉も同じように服がいっぱいで、少し開いている。その右の取っ手にはハンガーが五本ほど掛かっていて、左のには近所の店で貰ったカーネーションの造花が、結び付けられていた。

タカ子は言う。「こんな恥ずかしい状態でごめんなさいね。前はこんなじゃなかったんですよ。でも衣替えをするのだって、この年になると大変なものですから」

「腕が鳴ります」と真穂は笑みを浮かべた。

階下に下りて一階を一通り案内してから、ダイニングテーブルに向かい合って座った。

真穂が質問した。「タカ子様はなにをしている時が楽しいですか?」と。

タカ子は手を止めてしばし考える。

楽しい時……楽しい……。

ため息を一つ吐《つ》いた。

そして言った。「楽しい時なんてありませんね。ただ生きているだけだもの。つまらない毎日をやり過ごしているだけなんですよ、私は」

真穂が目を瞬《しばたた》いた。

2

バスに乗り込んだタカ子は、運転手にシルバーパスを見せた。

横向きの優先シートの端に座る。

午前十時の車内は空《す》いていて、乗客は四人しかいない。

タカ子は肩から斜め掛けしたポシェットのファスナーを開けて、中に手を入れた。今日買う物を書き付けたメモ用紙を取り出して広げる。書き忘れている物がないか、しばらく考えてからポシェットに戻した。

五つ目のバス停で降りた。

バス停から大型商業施設までは、二十メートルほどの真っ直ぐな道が通っている。歩道の両側には花壇があり、それは施設の入り口まで続いていた。

タカ子はエントランスホールに足を踏み入れた。

三階までの吹き抜けには紐《ひも》が張り巡らされていて、そこにカボチャのお化けや魔法使いの人形などが、何体もぶら下がっている。その下に置かれたテーブルには、様々なお化けの格好をした子どものマネキンが置かれていて、『ハッピーハロウィン』と大きく書かれたポップが掲げられていた。

タカ子はホールを横切りエレベーターに乗り込む。

四階で降りると通路を進んだ。

イベント会場の前を通り掛かった時、馬の写真に目が留まり、思わず足を止めた。

馬の写真展が開かれていて、その入り口に大きな一枚の写真パネルが置かれている。

馬の顔だけを正面から捉えたその写真は、どうしてだか少し笑っているように見えた。

興味を覚えてタカ子は中に入った。

白いパーテーションに、写真パネルが等間隔に飾られている。首を曲げて地面の草を食《は》んでいる馬の写真の隣には、子馬が隣のおとな馬の首に頭を持たせかけて、甘えている写真があった。

一枚一枚味わいながらゆっくりと足を進めていたタカ子は、疾走中の姿を切り取った写真の前で立ち止まった。

それは全身の筋肉が波打ち、力強さと躍動感が伝わってくる写真だった。

楽しそう――。

タカ子は心の中で呟いた。

馬に乗って走った日の記憶が蘇る。

あれはタカ子が十歳ぐらいの頃だった。当時住んでいた家の近くに厩舎《きゅうしゃ》があった。近所の子どもたちは普段、遠巻きに馬を眺めるだけだったが、時折、そこの主《あるじ》から「乗りたいか？」と聞かれることがあった。「乗りたい」と手を挙げるのは男の子ばかりだった。女の子は皆怖がって乗ろうとしなかったが、タカ子だけはいつも手を挙げた。

タカ子は馬と一緒に風を切って走るのが最高に気持ち良くて、大好きだった。普段トロいとか、鈍いとか言われているタカ子が、他の子どもたちの誰よりも速く走るので、皆驚いていた。自分を馬鹿にしている子どもたちが目を丸くするのを見るのも、小気味良かった。

あの頃……タカ子は確かに幸せだった。そう思えたのは七十一年間生きてきて、あの頃だけだった。

厩舎の主は言った。これまで女を雇った経験はないが、お前なら雇ってもいいよと。

タカ子は有頂天で、大きくなったらあそこの厩舎で働くと両親に宣言した。だが父親はそんなことは許さんと怒り、母親は厩舎の仕事はキツいからお前には無理だよと言った。

タカ子は両親に内緒で厩舎に通い馬に乗り続けた。

ある日、それが両親にバレた。父親はタカ子の頰《ほお》を張り、二度と厩舎には近付くなと言った。お前の人生は俺が決めてあるのだから、大人しく学校に通っておけと続けた。

泣きじゃくるタカ子に母親は「お前には大した頭もないし、器量がいい訳でもないのだから、家長の言う通りに生きていくのが一番なんだよ」と諭した。

口惜しかったが、タカ子にはどうすることも出来なかった。そしてタカ子は、幸せも喜びも感じない人生を過ごすことになった。

写真展の会場をゆっくり一周してから通路に出た。

それから手芸店に向かう。

フロアの一番奥の手芸店は、三百平米ぐらいの広さがあった。

出入り口横のテーブルには、お化けの扮装《ふんそう》をした三十センチほどの背丈のぬいぐるみが、四体並んでいる。オレンジ色の毛糸で、カボチャの形に編み上げられたオブジェもあった。

タカ子は左の壁沿いを進む。

毛糸売り場コーナーのワゴンの前で足を止めて、中を覗いた。特価品の毛糸を物色した。

タカ子はセーターを編む。趣味ではない。編んでいても楽しくもなんともないから。暇つぶしをするためだけに編んでいる。編み物歴はもう五十年ぐらいになる。

完成したセーターを息子に着せていた頃もあったが、成長すると着て貰えなくなった。その後孫に何着かプレゼントしたが、着ているのを一度も見たことがない。だから随分前に誰かのために編むのは止《や》めた。

ただ編む。一目一目に不満を編みこむようにして。編み終わったら押入れの中に仕舞うだけだった。

タカ子はワゴンの下の方から袋を引っ張り出した。

透明の袋には深緑色の毛糸玉が十玉入っている。

顔を近付けてその色合いを確認した。

3

シンクの上にある吊《つ》り棚の扉を真穂が開けた。

中をスマホで撮影すると、メジャーで棚のサイズを測り出す。

真穂は今日もフリルがたくさん胸に付いた白いブラウスと、ピンクのフレアスカート姿で、片付けには不向きな服装をしていた。

だが今日も実際の作業はしないというのだから、構わないのだろう。

先週初めて真穂が来訪した時に、整理収納作業の見積もり額を出して貰った。丸ごとお任せパックのLタイプになるそうで、十万円だという。

真穂からは、整理収納は掛かる時間で料金を決めるところがほとんどで、その相場は一時間あたり五千円だと教わった。通常一ヵ所の片付けに三時間掛かると予想することが多いそうで、そうすると真穂のお任せパックの方が割高になるが、この三時間で作業を進めようとすると、かなりの速度で捨てる、捨てないを決めていかなくてはならず、随分慌ただしいものになるという。

またこの十万円の中には、よそでは別料金になっているコンサルティング料や、アフターフォロー料なども含まれているので、真穂のお任せパックの方がお得だし、自分のペースでゆっくり片付けることが出来ると言われた。

タカ子は真穂に頼むことにした。

今日はどういう片付けがいいか案を練るために、もう少し細かく部屋を見たいという真穂が再訪していた。

台所は四畳ほどの広さしかない。ステンレス製の水切り籠《かご》には、朝食で使った皿やマグカップが載っている。そのマグカップは息子が海外旅行に行った時の土産の品で、白地に赤いアルファベットで、〝I♡N.Y.〟とプリントされていた。

真穂が尋ねる。「こちらに入っているのはどういった物か、お分かりになりますか？」

少し背伸びをして吊り棚を覗いてから答える。「普段使わない物ですね。お弁当箱とか、水筒とか、ホットプレートとか。それは……ストローですね。もう使いませんから捨ててしまってい
い物です」

「お弁当箱はご子息様の物ですか？」

「息子のと、主人の物です。お弁当が必要なくなって何十年も経つのに、残してあったんですね。そのうちに処分しようと思って入れたのに、すっかり忘れていました」

真穂が隣の扉を開けた。

カップラーメンとレトルト食品の買い置きが、大量に詰まっていた。

真穂が言う。「カップラーメンがお好きなんですか？」

「大好きよ。簡単で美味《おい》しいんですもの。日持ちするし、自分で作るより安いし。安くなっているのを見つけた時に、たくさん買っておくんです。そこだけじゃないのよ。確か……どこか……その辺りの箱にもあるはず」台所の床に物が直置《じか》きになっている辺りを指差した。

タカ子が指し示す方に目を向けてから真穂が尋ねた。「昔からお好きだったんですか？」

首を左右に振った。「主人が亡くなって、ようやく食べられるようになったの。主人はそういう物をなんていうのか……怠ける……そう、主婦が怠けるための食事と考えていたから」思い出し笑いをする。「息子がいくつの時だったか……中学生の頃かしら。息子の誕生日が近付いてきたから、当日はなにを食べたいって聞いたのね。そうしたらカップラーメンと答えたんです。ど

うもお友達が家で食べた話を聞いて、羨《うらや》ましかったみたい。それで息子の誕生日の夕食のテーブルにね、カップラーメンを出したんです。主人は目を剝《む》いたわ。でも息子が大喜びしていて、僕が三分を計るよなんて言って、ワクワクした顔をしているでしょ。なにも言えなくなってしまったみたいなんです。主人はぶすっとした顔でラーメンを食べていたわ。あの時の主人の顔……今思い出しても可笑《おか》しいわ」

つまらない毎日を重ねてきただけだと思っていたけれど……楽しかった時間もあったのね。

翌年の息子のリクエストは違うものだったから、我が家でカップラーメンを食べたのは、その時一度だけだった。

タカ子は言う。「反動かもしれませんね。主人が亡くなって、インスタント食品を食べてもよくなったから、色々と買ってみたくなってしまって」

「便利ですものね」

「中村さんの台所はさぞかし綺麗なんでしょうね。整理収納アドバイザーなんだもの」

「今は、はい。でも以前はとんでもない部屋に住んでおりました。ゴミ屋敷とまではいきませんが、ちょっと大変なレベルでした」

「そうなの？」

「はい」

「意外ね。お仕事は楽しい？」

「楽しい……楽しいというよりは、やり甲斐《がい》を感じております。片付けるためには、ご自分の過去と未来を再編成する必要がございます。それはとても大変な作業となります。この作業に取り組むお客様の隣で支えるのが、わたくしの仕事だと考えております。お客様のご不安をなくし、心置きなく作業が出来るよう、精一杯努めたいと思っております」

自分の過去と未来を再編成……そんな大層なことなのかしら。そうだとしたら、私に出来るのか心配になってしまう。

真穂が食器の全体量を知りたいと言い出したので、夫の書斎に案内した。食器は書斎のワゴンの上だけだと思っていたが、押入れの中にも結構あった。そこに仕舞ったのをすっかり忘れていたのだ。

真穂が押入れの中の箱を指差す。「この中はなんでしょうか?」

それは……なにを入れていたかしら。あっ。

タカ子は答えた。「昔の年賀状です。すっかり忘れていたけれど捨てるきっかけがなくて、箱に収めてここに置いていたんだわ。いい機会だから捨てます。前は色々とやり取りがありましたけれど、今ではもう。親戚とも縁が薄くなりました」

するりと一つの記憶がタカ子に落ちてきた。

タカ子が三十代の頃だった。親戚が新居を構えたというので、夫婦で祝いの品を持参した。そこからの帰り道で夫から小言を言われた。ああいうことを言うものじゃないと、タカ子の発言を窘《たしな》めたのだ。ダメだと言われた発言がどんなものだったのかは、もう覚えていない。

夫は時々まるで保護者のように、こうすべきではないだとか、こういう風に言うのが常識だとか言って、タカ子に説教することがあった。そんな時はいつもため息交じりに「もっと、しっかりしてくれよ」という台詞《せりふ》で締め括《くく》った。反論してもタカ子の意見に耳を貸してはくれないし、言い負けるのは分かっていたので、タカ子はいつものように押し黙って耐えた。

それからひと月後に、別の親戚の結婚式に夫婦で招かれた。当然のようにタカ子も参列するものと思っている夫に告げた。参列しませんと。理由を尋ねられたタカ子は「また言ってはいけないことを言ってしまうでしょうから、もう親戚付き合いは遠慮します」と答えた。夫は呆《あき》れたような顔をした。

夫はタカ子が本気だとは思っていなかったのだろう。当日出掛ける仕度《したく》をしないタカ子に「早く仕度をしなさい」と言った。「行きません」とタカ子が断ると、夫は長いこと顔を顰《しか》めていた。それから「勝手にしなさい」と口にすると一人で家を出た。夫が玄関ドアを閉めた音を聞いた時には、晴れやかな気分になった。タカ子にだって心があって傷付くし、腹を立てるのだと、夫に分からせることが出来て満足だった。

それからは親戚の集まりがある度に、夫はタカ子に、参加するかどうかを尋ねるようになった。タカ子はその時々で参加、不参加を自分で決めた。行かないとタカ子が言っても、もう夫が無理強いすることはなかった。

真穂がタカ子の寝室をもう一度見たいというので、書斎を出た。

タカ子の寝室にある押入れの右の戸は、その前に積み上がっている大量の物によって塞《ふさ》がっている。

タカ子は左の戸を開けて中を真穂に見せた。

真穂が押入れの奥行をメジャーで測ってから言った。「この上の棚にある箱の中身はなんでしょうか？」

「セーターが入っているんです。そこにある物は全部捨てますから、丸々ここは空きますよ」

「セーター……全部ですか？」

タカ子は手前の箱の蓋《ふた》を少し開けて中に手を入れる。

一枚取り出して見せる。「こういうセーターがたくさんあるんです」

「これ、凄《すご》く素敵ですね。タカ子様の手編みですか？」

「ええ、そう」

「新品に見えますが、この手編みのセーターを全部処分されるんですか？」

「ええ。いいんです。自分で着ようと思って編んでいないし、誰かに着せようと思ってもいないので。暇つぶしのために編んでいただけなんです。それがこんなに溜《た》まっちゃって」

「失礼します」と断って真穂が箱の中に手を入れた。

そうして別のセーターを取り出して広げた。「これも素敵ですね。これは模様が複雑ですから、編むのが大変だったのではないですか？」

タカ子は頷き「そうですね。それはちょっと凝《こ》ったデザインだから」と答えた。

4

真穂がリビングとダイニングの間に、ブルーシートを広げた。

それは二メートル四方ぐらいのサイズのものだった。

片付け本番の一回目の今日は、台所とリビング、ダイニングの三ヵ所を片付けることになっている。

これから始まる作業では、まず真穂が台所にある物を次々に取り出す。タカ子はそれらをブルーシートに移す。ブルーシートには〈残す物〉〈処分する物〉〈保留〉と書かれたカードが一枚ずつ置かれているので、それぞれ該当するカードの所に物を置いていくのが、タカ子の役目だった。

今日の真穂はさすがにこれまでとは違って、動き易《やす》そうな黒のパンツを穿《は》いている。カチューシャと巻き髪はこれまで通りだったが。

真穂が台所の戸棚を開けた時、インターホンが鳴った。

タカ子はモニターを覗いた。

えっ。どうしよう……。

タカ子は振り返って言った。「大変。嫁が来てしまったわ。どうしましょう。片付けをプロに手伝って貰うことは、知られたくなかったのに」

「そうでしたよね。それではわたくしはタカ子様の友人で、遊びに来たことに致しましょう。今ブルーシートを片付けますね」

真穂は戸棚を閉じると急ぎ足でダイニングに移り、ブルーシートをくるくると巻き始めた。

タカ子はモニターに目を戻す。

なかなか応じないからなのか、嫁の敦子《あつこ》がカメラにぐっと顔を近付けていた。

タカ子は再び振り返った。

真穂がブルーシートを大きなバッグに押し込んでいる。ファスナーを閉じると顔を上げた。そしてタカ子に向かって、親指と人差し指で丸の形を作った。

タカ子は通話ボタンを押す。「はい」

「お義母《かあ》さん、こんにちは。敦子です。近くに来る用事があったものですから、ご機嫌伺いに参りました」

なんだって今日なのかしら。

タカ子は「ちょっと待ってね」と言ってから通話ボタンをオフにした。

振り返ったタカ子に真穂が「今からわたくしたち、友人ですから」と言い、「乗り切りましょう」と両の拳《こぶし》を胸の前で小さく上下させた。

タカ子は頷いてから一人玄関に向かう。

ドアを開けるとマスク姿の敦子がいた。

埃《ほこり》アレルギーだという敦子は、タカ子の家に来る時にはマスクを着けている。昔からじゃない。夫が亡くなってからだ。夫がいた頃には埃がなかったけれど、亡くなってからは埃があると言いたいのよね、恐らく。私が掃除をサボるようになったと仄《ほの》めかしているんだから、嫌味なことをする人。嫁からも軽んじられていて哀しくなる。

敦子を招き入れたタカ子は先にリビングに戻る。

後からリビングに入った敦子は、先客に気付くと目を見開いた。

タカ子は紹介する。「こちらはお友達の中村真穂さん。こちらは嫁の敦子です」

真穂がお辞儀をした。「こんにちは。お邪魔しております」

敦子もお辞儀を返し「こんにちは。来客中だったとは思わなくて」と言うとじっと真穂を見つめてから、タカ子に向き直った。「お義母さん、随分お若いお友達がいらしたんですね」

「ええ」とタカ子は答えた。

敦子が紙袋を少し持ち上げた。「きんつばを持って来ましたのでご一緒にいかがですか」

真穂が「お誘いを有り難うございます」と丁寧に頭を下げて礼を言う。「残念ながらわたくしはもう行かなくてはいけませんので、失礼致します。ちょっと寄らせて頂いただけでしたので」

「あら、そうなんですか？」と応じた敦子の声には不審そうな響きがあった。

すると真穂がショルダーバッグから封筒を取り出した。その中から紙片を一枚抜くと、ダイニングテーブルに置いた。

そして「タカ子さん、これがチケットです」と言うと敦子に顔を向ける。「明日知人と宝塚《たからづか》劇場に観劇に行く予定だったのですが、その人の都合が悪くなりまして、一枚チケットが余ってしまいました。それでタカ子さんをお誘いしました。明日のチケットなので、今日のうちにタカ子さんに渡しておこうと思いまして伺ったんです。チケットを渡せましたので、もうわたくしの用事は済みました。これから仕事なのでわたくしはこれで失礼致します」

えっ。そういうことにするの？　そうね。それはいいわね。自然な感じがするもの。真穂は機転が利《き》く人だわ。

敦子が「そういうことだったんですか」と納得したような声を出した。

良かった。信じてくれたみたい。タカ子は胸を撫《な》で下ろす。

真穂が様々な大きさの三つのバッグを両肩に掛けると言った。「それではタカ子さん、明日の開場は午後一時で、開演は一時半ですので、それまでに劇場にいらしてください。わたくしはギリギリになってしまうかもしれませんが、必ず参りますので」

タカ子はチケットを摑《つか》んだ。

それは本物のチケットのように見えた。

タカ子は「有り難う」と言うと、真穂の目を見て一つ頷き「明日が楽しみだわ」と続けた。

真穂を見送るため、タカ子と敦子は玄関に向かう。

真穂を送り出したタカ子が玄関ドアを閉じた瞬間、敦子が「中村さんとはどこで知り合ったんですか？」と質問した。

タカ子は廊下を戻りながら「友達の友達よ」と答えた。

タカ子の背後から「よく遊びに来るんですか？」と敦子が問う。

「たまによ」と答えたタカ子は台所に逃げた。

敦子は台所にまでは追いかけて来なかったので、タカ子はほっとする。

タカ子は茶筒の蓋を開ける。

敦子が真穂のことを色々と聞いてきそうで……困ったわ。上手く質問をかわせればいいけれど。出来るかしら、私に。

緑茶葉を急須《きゅうす》に入れてからポットの前に置いた。ボタンを押して湯を注ぐ。

敦子は油断ならない人だから、絶対に真穂が整理収納アドバイザーだと、バレないようにしなくては。バレたら、どんなに私が内緒にしてと頼んでも、必ず息子の和久《かずひさ》に告げ口する。

四年ぐらい前のことだった。敦子がここに来た時に、リビングに置いていたタカ子のバッグに気が付いた。それは高級ブランド品だった。目ざとく見つけた敦子が素敵なバッグですねと言ったので、デパートで買ったと説明した。

デパートのショーウインドーに飾られていたバッグに、一目惚《ぼ》れしたのだ。夫がいた頃ならば、そうした高級店に入ることさえなかったが、当時は好きに買える状況を楽しんでいた。だから高かったが奮発して買った。

敦子が「高かったでしょう」と言ったので、タカ子は答えた。「確かに安くはなかったけれど素敵だったから」と。そして「和久には内緒にしてね」と頼んだ。和久にタカ子が買い物をする喜びが分かるとは思えなかったし、値段だけで散財していると思われるのは嫌だったから。

敦子は「分かりました。和久さんには言いません」と約束した癖にその日のうちに和久に告げた。

その夜に和久から電話があり「金は計画的に使わないとダメだよ。もっと、しっかりしてくれよ」と、夫と全く同じ言葉で締め括った。

口惜しかった。嫁に裏切られたことが。息子にまでダメな人だと思われたことが。

タカ子は緑茶を入れた湯呑《ゆの》み二つを盆に載せた。

ゆっくり息を吐き出してから台所を出た。

5

「とっても楽しかったわ」とタカ子は告げた。

真穂はとても嬉しそうな顔をした。「そうですか？　それでしたら良かったです。宝塚を自分とは遠い世界のものだと思われて、食わず嫌いと申しましょうか、見ず嫌いの方が結構多いのですが、それはとても勿体《もったい》ないことでございます。一度ご覧になればその素晴らしさを分かって頂けると、わたくしは信じております」

タカ子たちは宝塚を観劇した後で、劇場近くの紅茶専門店に移動してお茶をしている。

昨日真穂が機転を利かせ、二人で宝塚を観劇するという話にして、整理をプロに頼んでいることが、敦子にバレないようにしてくれた。

敦子が帰った後で真穂に連絡を取ったら、せっかくだから本当に、一緒に宝塚を観に行きませんかと誘われた。同行予定だった友人とは別の日に行くから構わないのだと言う。それではお友達に申し訳ないとタカ子は遠慮したが、すでに真穂はその友人に話を通していて、了承を得ているという。宝塚未経験の人を連れて行きたいと真穂が説明したら、ファンが増えるかもしれないと、喜んで譲ってくれたとまで言うので、思い切って誘いを受けることにしたのだ。

タカ子はウェッジウッドのティーカップに口を付けて、ダージリンティーを飲む。

今日真穂が着ている黒のブラウスの袖山《そでやま》には、ギャザーがたっぷり寄せられていて、ふんわりしていた。

タカ子はカップをソーサーに戻した。「なんだか夢の中にいるような三時間でした。キラキラしていて綺麗なもので溢れていて……上手く言葉で表現出来ないのだけれど、とにかく違う世界を旅行しているような感じで、面白かったです」

大きく頷いた。「仰《おつしや》る通り、宝塚は夢の世界に連れて行ってくれます」

「昔から宝塚を観ているんですか？」

「かれこれ四十年ぐらい前からです」

「まぁ、そんなに。長いんですね」

「はい。長いです」真穂はそう答えてから聞いた。「今日のお芝居はモテモテな浮気性の夫のお話でしたが、タカ子様の旦那様は浮気はされませんでしたか？」

タカ子は首を捻る。「どうだったのかしら。主人は学問のことにしか興味がない……いいえ、そういえば一度だけ、女子学生が家に来たことがありました。学生さんが訪ねてくることなんて、後にも先にもその時一度だけだったわ。私が取り次いだら、主人は目を真ん丸にして驚いた顔をしたんです。その学生さんを書斎に案内して紅茶を用意していたら、喫茶店に行くからいいと主人が言って、二人で出て行ったのよ。一、二時間ぐらいして主人が一人で戻って来てね、私が聞いてもいないのに、論文に行き詰まって指導を仰《あお》ぎに来たんだと、説明していました。あれはなんだったのかしら」

「その方は浮気相手だったのでしょうか？」

「分からないけれど、もしかしたらそうだったのかも」

「旦那様に確認はなさらなかったのですか？」

「ええ。そんなこと思いもしなかったから。だけど主人が浮気をしていても構わなかったわ。本当よ。主人を独り占めしたいなんて思っていなかったもの。もしもだけれど、あれは不倫相手だと主人に言われたとしても、そうですかと答えただけだと思います。離婚も考えなかったでしょう」

「タカ子様は大人ですね」と、真穂。

「そんなんじゃありませんよ。諦めていたの。どうせ私がなにを言ったってなにも変わらないって、思っていたから」

タカ子はカップを持ち上げると、ダージリンティーをひと口飲む。

真穂がミルフィーユの載った皿をタカ子に近付けた。「宜しかったらひと口いかがですか？」

「あら。いいの？　それじゃ、真穂さんもこちらをどうぞ」とガトーショコラを勧める。

二人はそれぞれひと口分ずつを取り分けて口に入れた。

「美味しい」と二人の声が揃《そろ》う。

二人で微笑み合った。

なんだか懐かしい。こんな風に誰かと注文したものをひと口分交換して、お喋《しゃべ》りしたのは……いつ以来かしら。もう覚えていないくらい久しぶり。こういう楽しさをすっかり忘れていた。

タカ子は自分のガトーショコラに手を伸ばした。

6

タカ子は「こんなに買ってたのね」と言った。

真穂が口を開く。「ちょっと多いですかね」

ブルーシートには大量の食器とインスタント食品、紙袋、日用品が置かれている。

仕切り直しとなった今日、整理作業をするために真穂が午前十時にやって来た。まず真穂が台所とダイニングにあった物をすべて出していき、タカ子はそれらを残す物、処分する物、保留する物の三つに分けて、それぞれのシートに置いていった。すぐにスペースが足りなくなり、上に物を積み重ねた結果、八畳のリビングには小山が三つ出来た。その高さはいずれも一メートルを超えていた。

さすがに買い過ぎたわね。同じ物がいくつもあるし。自分の裁量で物を買えるのが楽しくて、つい。でも楽しかったのは初めの頃だけだった。夫がいなくなって、いつ、なにをしてもいいという自由が楽しかったのも、最初だけだった。

真穂がまず処分する物をゴミ袋に入れましょうと言うので、一緒に四十五リットルサイズの袋に詰めた。十袋にもなったそれを一旦庭に出した。

真穂が尋ねた。「今日はまだ仮置きですが、トイレットペーパーや洗濯洗剤などを、それぞれの場所に置かせて頂いても宜しいでしょうか？」

「トイレも洗面所も狭いんです。置く場所がなくて、それでついここに」

「分かります。わたくしもそうでした。ストック品は使う部屋に保管するのがお勧めでございます。離れていますと、それを取り出すためだけに部屋を移動しなくてはなりませんので、ご面倒だと思いますし。使う部屋に収納出来る分だけを、ストックするという風になさると、物を減らすことに繋《つな》がります」

そう言うと真穂は残す物の山からいくつかを選び、他の部屋に運んでいった。

戻って来た真穂が言う。「この前お願いしておりました、タカ子様が編まれたセーターですが、本当に頂戴《ちょうだい》しても宜しいですか？」

「ええ、勿論」

「それでは今日全部頂戴致します」

「全部？」

「はい。全部はダメでしょうか？」

「欲しいとこの前言っていたから、どうぞと答えましたけれど、全部とは思っていなかったわ。ダメじゃないんですよ。ただ物凄い数があるから、持って帰るのも大変だろうと思って」

真穂がにっこりとした。「今日は車でお邪魔しておりまして、近くのコインパーキングに停めてあります。段ボール箱も用意して参りました」

「まぁ、そうなの？　用意周到なんですね」

「はい。タカ子様が編まれたセーターを、待っている人がいらっしゃいますので」

「待っている人？」

「はい。ホームレスの支援をしている団体のいくつかに、寄付の話をしましたら、とても喜んでいらっしゃいました。それから養護施設の職員の方も、とても喜んでくださいました。子どもたちに着て貰うと仰ってました」

タカ子はびっくりする。

言葉が出て来なくてタカ子は真穂を見つめ続けた。

すぐに反応出来ない自分がもどかしい。

しばらく経って、ようやく言葉が浮かんできたタカ子は口を開いた。「それは……それは……寄付するなんて、これまでちっとも頭に浮かばなかったわ。暇つぶしに編んでいたものだから……でも喜んでくださる人がいるのなら私も嬉しいわ。他人様のお役に立ててるような気がするもの」

真穂が再びにっこりした。

それからタカ子は真穂に促されて、保留にした物が積み上がっている山の前に座った。

真穂が言う。「ここからが大事なところでございます。保留分の物をどうするか決めて頂きます。残すのか、処分するのかの二択でございます」

「大変だわ。決められないから保留にしたんですもの」

「お手伝いした方が宜しいでしょうか？」

「ええ。是非お願い」

「それでは」と言うと真穂が箱を手に取った。蓋を開けて「お重ですね。お正月のお節《せち》料理でお使いになっている物でしょうか？」と尋ねた。

「そうなの。主人がいた頃は毎年お正月に料理を詰めていたんです。全部手作りして。でも亡くなってからは一度も使っていないの。お節料理自体を作らなくなったから。スーパーで数の子と栗きんとんの出来合いのを買って、お皿に載せるだけ。後は普段の料理を食べるんです。そんなお正月なの。息子や孫が訪ねてくる訳でもないですし」

「そう致しますと五年前から使わなくなったお重を、残す方でも、捨てる方でもなく、保留にされたのはどうしてでしょうか？」

「どうしてって……どうしてかしら。そんなに高価な物ではないんだけれど……」

「片付けは過去と未来を再編成する作業でございます。迷われていらっしゃるならば思い出のある品なので、捨てがたいというお気持ちか、或《あ》るいはこの先もしかしたら使うことがあるかもしれないとのお考えが、おありなのかもしれません。どちらもということもあり得るかと思います。思い出のある品だという場合にはその物自体を見て、思い出したい記憶かどうかを考えてみるよう、お勧めしております」

「物自体を見て思い出したいか……」

「はい」真穂が頷く。「この先使うことがあるかもしれないとのお考えがある場合には、もしその時にこれがなかったら、どうするかを想像してみるようお勧めしております。例えば来年のお正月に、ご子息様が遊びに来ることになったとします。お重はありません。どうなさいますか？」

「お節料理を作ったとしたら……いえ、作らないわね。大変だもの。お節料理を作らないなら息子が来ても、冷蔵庫にある物でなにか作って出すぐらいね、多分」

真穂は口を閉じて、タカ子が決断するのを待つような顔をする。

タカ子はじっとお重を見つめた。

朱色のお重の蓋には扇が三つ描かれている。

タカ子は「捨てるわ」と言ってブルーシートの上に置いた。

次に真穂が保留の山から、透明のビニール袋を一つ取り出した。そしてタカ子に差し出した。

タカ子はビニール袋から紙を取り出す。

小学生だった和久が、タカ子の誕生日にくれたお手伝い券だった。

Ａ４サイズほどの画用紙の上部には、サインペンで大きく、お誕生日おめでとうと書かれている。下半分には手書きの〈お手伝い券〉がいくつも並んでいる。右隅の一角が切り取られていた。

真穂がタカ子の手元を覗く。「お手伝い券を一枚使われたようですね」

頷いた。「すっかり忘れていたけれど、これを見て思い出しました。料理を手伝って貰うことにして一枚使ったの。主人が息子を台所に入れるのを嫌がったものだから、普段は全く手伝わせていなかったのね。でもお手伝い券があるから、いい機会だと思って包丁を持たせてみたのだけれど、全然ダメでした。初めてなのだから出来ないのはしょうがないのだけれど、センスの欠片《かけら》のようなものが見えてくれたらと期待したんですが、息子は不器用だと分かっただけでした。だから頼めたのは私がカットしたジャガイモを、まな板から鍋に入れることとか、掻《か》き回すことぐらいでしたね。完成したカレーライスを三人で食べたの。主人が、おっ、今日のカレーは特別旨《うま》いなぁと言い出してね、私も本当に特別美味しいわと言ったら、息子はとっても誇らしげな顔をしたの。忘れていたけれど……我が家にもいい思い出があったのね。また次の機会にと思って台所に取っておいたのね、きっと」

「有効期限が書かれていませんね。まだ使えるのではないですか?」

「ええ? あぁ、そうね。これを息子に渡してトイレ掃除をやってと言ったら、どんな顔をするかしら」

タカ子は思わずくすっと笑った。

あ……今、私、笑った。笑うなんて凄く久しぶり。いつ以来かしら。

タカ子は手元のお手伝い券を見つめる。

少ししてそれを残す物の山の前に置いた。

7

真穂がエレベーターの呼び出しボタンを押した。

扉の上部にあるインジケーターの数字が、ゆっくり増えていく。

タカ子は真穂の隣でその数字を見上げる。

ピンと遠慮がちな音がして扉が開いた。

タカ子は先に乗り込み扉を開けておくボタンを押す。

真穂がカートを押しながら中に入ってきた。

そのカートにはたくさんの収納ケースが入っていた。

だがすべての品が百円なので、合計金額は大したことはない。百円ショップは有り難い。

今日は収納ケースを買いに、大型ショッピングセンターに真穂と二人でやって来ていた。台所とダイニング、リビング、洗面所にあった物の取捨選択が終わり、残す物は分類した上で、それぞれの保管場所に紙袋に入れて仮置きしてある。これによって必要なケースのサイズと数を割り出せたので、それらを買いに来たのだ。

真穂によれば片付ける際に、先に収納ケースを買う人が多いのだが、物の量や必要なスペースを予測するのはとても難しいので、やめた方がいいという。

地下二階でエレベーターが停まった。

タカ子は扉を開けておくボタンを押して、真穂がカートを降ろすのを手伝う。

そして二人並んで駐車場を歩き出す。

真穂が尋ねる。「お疲れじゃないですか？」

「大丈夫です」

向かいから赤い軽自動車が走って来る。

タカ子たちは少し左に寄って足を進める。

タカ子は言った。「ここにはよく来るようですね」

「百円ショップのことですか？」

「ええ。お店のどこになにがあるか、把握しているようだったから」

頷く。「はい。結構利用させて貰っております。百円は助かりますので」

「実は私ね、初めてあなたに電話をした時、ちょっと心配だったの。物を減らさなきゃダメだと言って、ポンポン捨てられてしまうんじゃないかと思って。片付けたくてお願いするのだけれど、なにもかも捨ててしまうのは、ちょっとって。でも違いました。残したい物は残しましょうと言ってくれるでしょ。だからね、ほっとしたの。まだまだ先は長いけれど宜しくね」

「こちらこそ宜しくお願い致します」と言って真穂は頭を下げた。

真穂の車の前で足を止めた。

買った物をトランクに移していく。入りきらなかった物は後部座席に置いた。空《から》になったカートを戻しに行こうとした真穂が「そういえば」と言い出した。

「お礼のメッセージが届いておりました」

真穂が肩に斜め掛けしたバッグからスマホを取り出して、操作を始める。

それから画面をタカ子に向けた。「タカ子様のセーターを、ホームレスの方が着用なさっている写真です」

「えっ？」

そこには二人の男性が写っていた。年齢は……分からない。左の男性はグリーンの毛糸で、なわ編みのデザインを入れたセーターを着ている。襟口と袖口にだけ白の毛糸を使ってあった。右の男性が着用しているのは、胸のところに犬の顔を編みこんだ、赤いセーターだった。その人は肩の辺りを両手で摘《つ》まみ、カメラに向けて、セーターを誇示するようなポーズを取っている。そして前歯のない口を大きく開けて笑っていた。

真穂が養護施設から届いた動画もありますというので、それも見せて貰う。

職員らしき男性が段ボール箱をテーブルに置くと、子どもたちがわっと集まってくる。中学生か高校生ぐらいの少女と少年たちだった。彼らは我先にとセーターに手を伸ばし、たちまちバーゲン会場のようになる。カメラは「これがいい」と大きな声を上げる少女を映し出した。戦利品を自分の胸に当てて笑う少女がアップになる。すると「どっちがいいと思う？」と尋ねる少年の声が聞こえてきた。「喧嘩《けんか》しない」と注意する大人の声も流れてくる。

タカ子は自分の口に手を当てた。

私が編んだセーターを欲しがってくれている……喜んで着てくれる人なんていないと思っていた。それが……こんな……嬉しい。凄く。

真穂が口を開いた。「海外にも送りました」

「海外？」

「はい。難民を支援する団体に相談しましたら、他の救援物資と一緒に現地に送りたいと仰いましたので、渡しました。スタッフの方はとても喜んでいらっしゃいましたよ」

「真穂さん」真っ直ぐ真穂の目を見つめる。

「はい」

「私のセーターが役に立ったんですね？」タカ子は確認する。

「はい」

「また……また編んだ物を贈ってもいいのかしら？」

「勿論でございます。これが、今回セーターを送付した先のリストでございます。ある程度数をまとめて送った方がいいようです。それと送付される場合は、先に先方にご連絡をされてからの方が、宜しいと思います」

タカ子はリストを受け取ると、ショルダーバッグの奥の方に仕舞った。

それから宣言した。「私、編むわ。暇つぶしじゃなく着てくれる人たちのために。それでね、今すごく毛糸を買いたい気分なの」

「それではショッピングセンターに戻りましょう。手芸店にレッツゴーでございます」

「いいんですか？　片付けとは関係ない買い物に、真穂さんを付き合わせてしまって」

「毛糸はタカ子様の未来を再編成するのに、必要な物だと思いますので、片付けの業務範囲内でございます」と言って真穂は微笑んだ。

タカ子と真穂はエレベーターに向かって歩き出した。

タカ子はウキウキしていた。

8

クレセントを回して窓を閉める。

タカ子がカーテンを閉じると、夫の書斎はたちまち暗くなる。

タカ子はドアに向かって歩き出した。

廊下に一歩足を出したところで気が変わり、足を戻す。そして書斎の灯りを点けた。

置く場所に困り放り込んでいた雑多な物がなくなり、床が見えている。そして本棚からは本が消えて空っぽになっていた。

真穂に専門書を扱う古書店を紹介して貰った。先週訪れた店主が査定した金額は、タカ子が想像していた額より一桁《けた》多かった。タカ子は承諾し、大量の本はその日のうちに運び出されたのだ。

処分する大型家具は後でまとめて専門業者に引き取りに来て貰うことになっているので、それまでここに置いてある。

スカスカになった部屋は若返ったような感じがした。

押入れの戸を開けて、その前のカーペットの上に斜め座りをする。

押入れの下段には、黒いハードカバーのノートが五十冊以上あった。

古書店主が見つけた夫の日記帳だった。

夫が日記を付けていたことをタカ子は知らなかった。

古書店主が帰った後タカ子は同じ場所に座り、日記に手を伸ばしかけた。だがその手をすぐに引っ込めた。他の人が書いた日記を読むなんて、やっちゃいけないことだから。妻であっても、すでに夫が亡くなっていたとしても。それはやっぱり、越えてはいけない一線のように思えたのだ。

結局、日記には触れず、この押入れに一週間置いたままにしていた。

でも……ほんのちょっとだけなら。ほんの少し読むだけなら大目に見て貰えるんじゃない？ 亡くなって五年経つんだし、プライバシーを侵す罪は免除されるような……。

どうしよう。

タカ子はしばらく迷い続けた。

ノートに手を伸ばしては引っ込める。これを何度も繰り返した。

そうしてから徐《おもむろ》に一番上のノートを引き寄せた。

それは夫が亡くなった年のものだった。

パラパラとページを捲《めく》る。

薄いクリーム色の紙に、青いインクの万年筆で書かれていた。見覚えのあるカクカクした字が、行の幅いっぱいの大きさで並んでいる。

最後のページを開いた。

入院の前日の四月九日の日付が入っている。

四月九日
明日は入院。タクシーは午前八時に来る。夕食は鯖《さば》の味噌《みそ》煮。入院前の最後の夕食だから、タカ子が私の好物を作ってくれたのだろう。自宅に戻って来られたら、その日の夕食も鯖の味噌煮にして貰おう。戻れるだろうか。病気になったのがタカ子ではなく、私で良かった。もし逆の立場になり、タカ子を失うかもしれないとなったら、私はその不安に耐えられない。

えっ。

タカ子は目を見張る。

これは……なに？　どういうつもりで、こんなことを？

タカ子は混乱する。

ページを捲りその前日の日記に目を落とす。

四月八日
書斎の片付けを始めたが、縁起が悪い気がして途中で止める。午後九時、居間でタカ子の居眠りを発見。しげしげと眺めた。老婆だ。年々萎《しぼ》む。見合いの席でしおらしく俯《うつむ》いていた当時の面影《おもかげ》はない。年老いたタカ子の姿を目に焼き付けた。そうしておくべきだとの気持ちになったからだが、その理由は分からない。

タカ子はもう一日前の日記が書かれたページを開いた。

四月七日
今日も死後の世界について考える。色々な人が色々なことを言っているが、私は浄土があるとする考え方が一番気に入っている。だが生まれ変わるという説も捨てがたい。生まれ変わったら、今度はどんな人生を送ろうかと考えるのは気が紛《まぎ》れる。このところ手術のことを考えて気持ちが塞ぎがちだったから、丁度いい気分転換になる。次は和久のような会社員になってみるのも、一興ではないか。特に営業職がやり甲斐がありそうだ。営業職は職場の花形といっても過言ではないのだから、一度やってみる価値はあるだろう。どんな職業になるにせよ、妻はタカ子になって貰いたい。

タカ子は驚き思わずノートをパタンと閉じた。
息が苦しい。
ゆっくり顔だけを後ろに捻った。椅子を見つめる。
夫はいつもそこに座って本を読んでいた。
本にしか興味がなくて……私のことなんか……違ったの？　そうじゃなかったの？
タカ子は時間を掛けて息を整えた。
そうしてから今一度ノートを開いた。

三月三十一日
今日は締め日。タカ子から一ヵ月分の支払い明細を記したノートを受け取る。入院する私のために下着を買ったとの報告を受ける。病院で恥ずかしい思いをしないよう、私には新しい下着が必要だったし、セールをしていたからいつもより安く買えたので、いい買い物だったとタカ子が力説した。月に一度このようにタカ子から報告を受ける時間を、私は気に入っている。私はなにかに集中すると、他のことが目に入らなくなるところがある。家族の一員であるのを忘れて、文学の世界に没頭してしまう。だが月に一度のタカ子からの報告で、家族の一員であると思い出させて貰える。またタカ子のお蔭《かげ》で、生活がつつがなく回っていると認識出来るので安堵《あんど》もする。私に理解させようと、一生懸命話をするタカ子の様子も好ましい。今月も有り難う。入院するので、来月からは金の管理すべてをタカ子に任せる。タカ子は問題なくやるだろう。

タカ子は胸にノートを押し当てた。

涙が零《こぼ》れる。

こんな風に思っていたなんて……私が鈍いから、お金を任せたくないのだろうと思っていたのに……。私は……大切に思われていた？　言ってよ、だったら、そう。今更どうしたらいいのよ。こんなの……嫌よ。

哀しくて、哀しくて、胸が痛い。

タカ子は泣き続けた。

9

タカ子は真穂の腕を摑んだ。「緊張しちゃってるわ、私。またトイレに行きたいような気がしているし」

真穂が尋ねる。「トイレに行かれますか？」

首を左右に振る。「本当に行きたい訳じゃないの。ここから逃げ出したい気持ちがあって、それに身体《からだ》が反応しているだけだわ」

「タカ子様の緊張を幾分か和らげるために、わたくしがサクラになりましょう。わたくしも編み物をやってみたいと思っておりましたので、ちょうど良かったです」

真穂が歩き出し、タカ子は通路に取り残される。

真穂は少し先に置かれた椅子に座ると、テーブルの上の手芸雑誌を開いた。そしてタカ子に笑顔を向けた。

困ったわぁ。どうしてこの話を引き受けてしまったのかしら。もっとよく考えれば良かった。自宅の片付けは先週無事に終わった。最終日に支払いを済ませると真穂が言い出した。働いてみませんかと。聞き間違えたのだろうと思った。だが、そうではなかった。知り合いがやっている手芸用品店で退職者が出て、後任を探しているという。「お客様から編み物の相談を受けたり、編み方を教えたりするお仕事だそうで、タカ子様にぴったりだと思いました。いかがですか？」と真穂は言った。

断るべきだった。そんなの無理よと言えば良かったのだ。これまでの私であれば絶対に断っていたはずなのに……出来るかもしれないなんて思ってしまった。どうかしていた。

そして七十一歳の新人が、今日仕事デビューすることになった。

タカ子が与えられたのは、毛糸売り場の中の通路に置かれたテーブル席だった。

勤務時間や日数は、タカ子の自由にしていいと店長からは言われている。勤務前と勤務後にタイムカードを押せばいいだけだった。こうした勤務スタイルで働く高齢の専門アドバイザーが、複数いると聞いている。

店は八階建てで、布をはじめ、様々な手芸用品が各フロアに分かれて陳列されている。毛糸の売り場は三階にあった。

タカ子は自分の左胸に目を落とす。

スタッフ専用のエプロンの胸には〈編み物アドバイザー　安達〉と書かれた名札を留めてあった。

人差し指でそっと名前を撫でる。

この年になってこんな挑戦をすることになるなんて。あの人が生きていたらなんて言ったかしら。反対した？　どうかしらね。あの人の気持ちを理解するのが私は下手だから……分からない。でも……頑張りなさいと言ってくれたような気もする。

タカ子はゆっくり息を吐き出した。それから覚悟を決めて、真穂が着くテーブルに向かって足を動かした。

そうして真穂の向かいに座った。

真穂が小声で言う。「わたくしはサクラですから、客として振る舞わせて頂きます」

タカ子が頷くと、真穂が言い出した。「全くの初心者なのですが、こういうセーターに挑戦するのは難しいでしょうか？」

真穂が開いた雑誌のページを覗いてから、タカ子は答える。

「そうねぇ。えっと、そうですね。初めてであればマフラーのような、真っ直ぐ編むだけで済むものの方がいいと思います」

「やはりそうですか。でしたら、息子のマフラーを編むことにします。マフラーの編み方が載っている本はありますか？」

タカ子は上半身を捻って、背後の棚に並ぶ手芸雑誌をチェックする。三冊を選び出してページを捲った。

そうしてから真穂の方にページを向けた。「これはどうかしら。あっ、ダメね、こんな言い方は。お客様、こちらなどいかがでしょうか。ガーター編みのマフラーです。一種類の編み方だけで済むので、初心者にはお勧めです。一色だけで編んでもいいですし、何色かの毛糸を使って、ストライプにしてもいいと思いますよ。色を増やすのはそれほど難しくないですから。配色や線の太さで仕上がりが全然違うので、個性を出せます」

真穂が真剣な顔で考え始める。

タカ子は紙を差し出して、色鉛筆の入った円筒ケースをその横に置いた。「イメージを絵で描いてみたらいかがでしょうか？」

真穂はすぐに「そうします」と言うと色鉛筆を手に取る。

その時だった。

「あの、いいですか？」と声が掛かった。

三十代ぐらいの女性だった。

タカ子は慌てて「ええ、はい、えっと、いらっしゃいませ」と口にする。

女性は真穂の隣の椅子に腰掛けた。そして大きな紙袋から編み掛けのセーターを取り出した。

テーブルに広げて言う。「セーターを編むの初めてで、ここまでは動画を見てなんとか出来たんですけど、襟の拾い方が難しくって」

タカ子は驚く。「セーター初めてなんですか？　凄く上手に出来てますよ」

顔を綻《ほころ》ばせた。「本当ですか？　凄く頑張ったんですよ、私。いい年なんですけど、生まれて初めて恋人が出来たんです。恋人が出来たら、手編みのセーターをプレゼントしたいとずっと思っていて、それでやっとその時がきて。だから嬉しくって編み始めたんですけど、ここまできて躓《つまず》いちゃって」

「拾い方は隙間《すきま》が開かないようにするというのが、基本なんです。編み棒は持って来ていらっしゃいますか？」

「はい」と元気よく答えると紙袋から編み棒を取り出した。

「難しく考えなくて大丈夫ですよ。隙間を作らないようにと意識すると、自然と拾う場所はここしかないと、分かるようになりますから」タカ子が編み棒の先でセーターの一ヵ所をさす。「スタートはここ。ここに編み棒を入れてください」

女性が慎重に編み目に編み棒をさす。

視線を感じてタカ子は顔を上げた。

二十代ぐらいの女性が立っていた。

その女性が言った。「ゲージというのを編んだんですけど、本に書いてある標準の数字と、私のが全然違っていて、どうやって計算したらいいのか教えて欲しくて」

タカ子は「計算は難しいですからね」と言うと「どうぞそちらにお掛けになってお待ちくださいね」と椅子を勧めた。

こんな風にお客さんが重なることもあるのね。大変だわ。面接の時に店長からは暇な時は暇だけど、忙しい時は忙しいと言われていた。でも忙しいなんてことがあるのかしらと疑っていた。どうやら本当だったみたい。お金を頂くからにはきちんとお仕事をしなくては。頑張らないと。

タカ子は先の客のセーターに視線を戻し、次に拾う目の場所を編み棒の先でさした。「次はここですね」

女性がタカ子の指示通りに目を拾っていく。

タカ子は女性の手元から真穂に視線を移した。

真穂は集中したような表情で、七色ぐらいを使ったストライプ柄を描いていた。

想定外のデザインに目を見張る。

随分と派手だけれど……まぁ、人それぞれだものね。最初はこの人に片付けを頼んでも大丈夫なのかと、心配していたのだけれど……真穂にお願いして良かった。部屋が片付いたのは勿論だけれど、思いもしなかった世界に私を引っ張り込んでくれた。そのお蔭で私の毎日は変わった。感謝の気持ちでいっぱい。後でたくさんお礼を言わなくては。

ふいに真穂が顔を上げた。タカ子と目が合うとにっこりとした。

タカ子も微笑み返した。

10

「宜しい？」と大きな声で木村成子《きむらせいこ》が尋ねた。

タカ子は「どうぞ」と答える。

成子がタカ子の斜《はす》向かいに座った。

手芸用品店のスタッフの休憩室には、十台ほどのテーブルがある。昼時のせいか混んでいてどのテーブルにも人がいた。

働き始めて十日。タカ子は先週から、自宅で作ったお握りを持参するようになっている。

一昨日ここでお握りを食べている時、成子と相席になり少しお喋りをした。

三年前からここで働いているという成子は、刺繡《ししゅう》のアドバイザーだった。タカ子と同世代に見える成子は地声がとても大きい。声だけでなく成子は様々な音を発生させ、それがどれも大きかった。それほど体重があるようには見えないのに、ドタドタと大きな足音を出すし、ペットボトルをテーブルに、ドンと音を立てて置いたりするのだ。音は出すが雑な性格ではないようで、自分で刺繡をしたというハンカチを見せて貰ったら、気が遠くなるほどの緻密《ちみつ》さだった。

成子がファストフード店のロゴが印刷された紙袋を、ビリビリと大きな音を立てて引き裂いた。それを広げてランチョンマットのようにすると、フライドポテトを一本摘まみ上げた。そして口に押し込み咀嚼《そしゃく》する。

それから大きな声で「慣れましたか？」と質問した。

タカ子は「まだ毎日緊張しています。緊張しながら楽しんでいる、そんな感じです」と答えた。

「楽しいのはなによりね。緊張は直《じき》になくなるわよ」

タカ子は小さく頷く。

本当に。仕事が楽しいと思う日が来るなんて、思ってもいなかった。

成子が尋ねる。「この前、毛糸売り場でお見かけしたんだけど、もしかして娘さんがいらしてる？」

「私に娘はいませんが」

「あら、そう。だったらお客さんだったのね。安達さんと親しそうに話をされていたから娘さんかと。小綺麗な格好をした方だったのよ」

「もしかしてカチューシャをして、髪の先をカールさせた人でしょうか？」

「そうそう、そういう人だった」

「娘じゃありません。あの人は……友人です。年の離れた友人で、彼女の紹介でここで働くことになったんです。それで心配して、ちょくちょく顔を見に来てくれるんです」

「そうだったのね」と言うと、成子は口をがばっと開けて、ハンバーガーにかぶり付いた。

成子は生きる力が漲《みなぎ》っているといった感じで……ちょっと眩《まぶ》しい。同世代なのに。

タカ子は聞いた。「木村さんがここで、刺繡のアドバイザーをすることになったのは、どういう経緯だったんですか？」

「夫婦で喫茶店をずっとやってたのね。夫が亡くなって一人で続けていたんだけど、大家からビルの建て替えをするから、出て行ってくれと言われてしまったの。それが三年前の話。これからなにをしようかと考えたんだけど、なんにも浮かばなくってねぇ。定休日以外毎日店に立って、それで満足していたから、他の生き方なんて考えたことなかったんだもの。もう年だしね、余生はぼんやりとテレビでも見て生きていくんだろうなと思ってたら、常連さんが刺繍のアドバイザーを探しているお店を知っていると、言い出したのよ。喫茶店が暇な時にね、まぁ、大概暇だったんだけど、カウンターで刺繍をしていたの。上手くいった作品は、額に入れて喫茶店に飾っていたから、私が刺繍を好きなことを知っていたのね。その常連さんの紹介でここの面接を受けたら、合格しちゃった」と言ってにまっと笑った。「そうそう。近いうちにタカ子さんの歓迎会をやるから、そのつもりでいてね」

「えっ、本当ですか？」

「本当よ。アレルギーとか、嫌いな食べ物とかある？」

「そういうのはないです」

「なんでも食べるのね」

「はい。なんでも食べます」と、タカ子。

「素晴らしい。食べるのは生きる基本だものね」思い出し笑いをする。「夫とのお見合いの場所が料亭だったの。天婦羅《てんぷら》が出たのよ。うちは裕福じゃなかったから、天婦羅なんて滅多《めった》に口に出来なかったのね。それで嬉しくなっちゃってバクバク食べちゃった。後で親からはしたないと怒られてね。そんなだったから断られると思っていたのに、縁談を進めたいと言っていると聞いて、びっくり仰天《ぎょうてん》よ。どうしてかと後で夫に聞いたらね、食べっぷりに感心したからと言ったのよ」

成子は紙コップに挿さっているストローを銜《くわ》えた。頬を凹《へこ》ませてドリンクをずずっと啜《すす》る。

口を離すと今度はしんみりとした口調で言った。「うちの人、七十歳の時に胃を悪くしてね、手術で半分取っちゃったのよ。若い頃は大食漢だったのに、ほんのちょっとの量を、時間を掛けて食べるようになっちゃって。可哀想《かわいそう》だった。亡くなる前の日にね、病院に行ったら、あの人、ベッドから窓越しに外を眺めてて、生まれ変わったら、今度は食の細い女と一緒になるかなって言ったの。そういう憎まれ口を叩《たた》く人だったのよ。だからね、私、そうしなさいよと言ったの。食費が掛からないからいいじゃないって。そうしたらあの人、でも食の細い女は情が薄いというから、どうしようかなぁって言うのよ。だからね、だったらよく食べる女にしといたらと私、言ったの。よく食べる女に悪い女はいないって言うわよって。そうしたら、そうしようかな、だって。素直じゃないからそんな言い方しか出来ないのよね。でもあの人なりの精一杯の愛情表現だったんだと思うの。それからあの人、笑ったの。しわしわの顔で。それが最後に見たあの人の笑顔だったわ」

「お二人は心が通じ合っていたんですね。だから言葉通りじゃなくて、言葉の裏にある本当の気持ちを理解出来たんですね」

「タカ子さんは？　生まれ変わってもまたご主人と一緒になりたい？」

タカ子は考え込む。

しばらくしてからタカ子は口を開く。「私は鈍いので、二周目でようやく幸せに気付けるように思います。だから次も主人で」

自分の出した答えに納得したタカ子は一つ頷いた。それからお握りを口にした。

11

あらっ。鍵が開いてる。ヤだわ。閉めるのを忘れちゃったのかしら。

タカ子は鍵穴から鍵を引き抜き玄関ドアを開けた。

三和土に男物と女物の靴があった。

あぁ。和久と敦子が合鍵で入ったのね。

タカ子が靴を脱いでいると、和久が廊下を急ぎ足でやって来た。

「どこに行ってたんだよ。何度もメッセージ送ったんだよ」と和久が言う。

「そうだったの？　仕事中はスマホを見ないし、今日は帰り道でも見なかったのよ」

「えっ？　今仕事って言った？」

「言いましたよ。働いているし忙しいんだから、今度来る時は事前に連絡をしてからにして頂戴」

きょとんとしている和久の横をすり抜けて、タカ子は廊下を進む。

リビングには敦子がいた。

タカ子は言う。「敦子さんも来てたのね。いらっしゃい。今日はマスクはしてないのね」

「えっ？　えぇ、はい」と敦子が答える。

タカ子を追いかけてきた和久が尋ねる。「働いているってどういうこと？」

タカ子は説明する。「手芸用品店で編み物アドバイザーの仕事をしているの。凄く楽しくてやり甲斐があるのよ」

和久が言った。「なんだよ、それ。そんな話、聞いてないよ」

「息子の許可を取る必要はありませんからね。言わなかったのよ」

「それは……」和久が一瞬唇を歪《ゆが》めてから声を発した。「もう年なんだから働かなくたっていいじゃないか」

「働きたいのよ。楽しいんだもの」

「…………」

「それで？　今日はなんの用なの？」

和久と敦子は顔を見合わせた。

さては。私を老人ホームへ入れるために、説得に来たってところかしらね。タカ子は心の中で秘《ひそ》かに笑う。この前和久が来た時には、部屋を片付けることも出来ないんじゃや、一人で暮らすのは限界なんだよと言っていたものね。今日もその台詞を言うつもりで来たのに、すっかり片付いた家を見て、なにも言えなくなってしまって困っているんじゃない？　片付けておいて良かったわぁ。真穂が言っていた通り、自分の過去と未来を再編成する作業をしておいて、本当に良かった。そのお蔭で今の私があるんだもの。ずっと仕事を続けられはしない。それは分かっている。でも無理だと思う日までは頑張る。いずれ施設に入所する日は来るでしょう。しょうがない。でもその日は私が自分で決める。誰かに決められたくない。絶対に。

二人がなにも答えないので、タカ子は「夕飯食べてく？」と別の質問をした。

またしても二人はなにも言わない。

タカ子は言う。「来ると分かっていたら用意しておいたんだけれど、今日は材料があまりないからお寿司の出前でも取る？」

反応がない。

タカ子が「そんなに難しい質問はしていないんだけれどねぇ」と呟くと、「食べてくよ」と和久がぼそりと言った。

「そう。じゃ、注文するわね」と口にしたタカ子は、バッグからスマホを取り出して操作を始めた。

すると敦子が聞いた。「お義母さん、もしかしてスマホから注文するんですか？」

「そうよ。電話より早いしポイントが多く付くのよ」と答える。

和久と敦子が再び顔を見合わせた。

タカ子は注文を済ませると和久に声を掛ける。「宅配便で送りたい物があるんだけれど、帰る時にコンビニに持って行って、出して貰える？」

和久が「いいよ」と言うので、タカ子は「準備しちゃうわね」と告げてから二階に上がった。

書斎の灯りを点けて中に入る。押入れの戸を開けた。下段から段ボール箱を引っ張り出す。

それから夫のデスクに寄せて置いた、作業台の上の書類ケースに手を伸ばした。宅配便の伝票を取り出して椅子に座る。

「デスクと椅子だけ残したんだな」と和久の声がした。

和久が書斎の出入り口に立っていた。

タカ子は答える。「そう。これがあるとここにお父さんがいるみたいでしょ。だから残したの。最近はここで編み物をすることが多いのよ」

「なんだか全然違う部屋みたいだ」

本棚はすべて撤去した。夫の日記はケースに収めて押入れの下段に仕舞った。そして夫が使っていたデスクと椅子だけを残し、新たに白い作業台を入れた。編み物の道具や毛糸の買い置きなどは、押入れの上段に入れたプラスチックチェストに、種類別に収納してある。

和久が聞く。「編み物アドバイザーってなにすんの？」

「編み物のアドバイスよ」

「まんまだな」

「目の減らし方が分からないとか、編み図の通りに編んでいるつもりだったのに、出来上がっていく模様が、完成写真と違っているのはどうしてかとか、そういう相談が持ち込まれるの。こうしたらいいのよと助けてあげるのが私の仕事。いい娘さんが多くてね。あ、男性のお客さんもいるから、いい人が多いと言った方がいいわね。この間のお礼ですなんて言って、クッキーを持って来てくれたりするのよ。同僚も親切な人が多いし、アドバイザーたちは私と同世代だから、とっても居心地がいいの」

「身体はしんどくないの？」

「大丈夫よ。働く時間は自分で決めていいところなの。だから今日は二時間だけとか、今日は休みとか、体調に合わせて働かせて貰ってるわ。働くのがちょうどいい運動になっているみたいで、左膝の調子なんて良くなっているぐらいなのよ」

タカ子は立ち上がると段ボール箱のフラップを開けた。

上部に隙間があった。

タカ子は押入れから緩衝材を取り出す。

和久が段ボール箱の中を覗いて言った。「これ、母さんが編んだセーターだろ？　どうすんの？」

「施設の子どもたちにプレゼントするの。マフラーと手袋もあるのよ。とても喜んでくれるから嬉しくって、頑張ってたくさん編んだの」

タカ子は緩衝材をセーターの上に載せてから、フラップを閉じた。

ガムテープで留めて宅配便の伝票を貼った。

タカ子は尋ねる。「どうしてそんなに不満そうな顔をしているの？」

和久がぎゅっと唇を引き結んだ。

それから言った。「僕が知ってる母さんじゃないから落ち着かないんだ」

タカ子は笑い声を上げた。

和久が驚いたような表情を見せる。

タカ子は「今度はそんなびっくりした顔をして、なに？」と聞いた。

「そんな風に笑うのだって……僕が知ってる母さんはそんな風にケラケラと笑ったりしない」

タカ子は再び笑い声を上げてから「さ、これを下に運んで頂戴」と言って段ボール箱を叩いた。

和久が段ボール箱を持ち上げた。先に部屋を出る。

和久に続いて部屋を出たタカ子は振り返った。

革張りの椅子をしばし見つめる。

微笑んでから灯りを消した。

第二話

物が消えるリビング

1

「だから」鶴元大輔《つるもとだいすけ》は大きな声を上げた。「そういう考え方がダメなんだって言ってるだろ。ゴミで人は死なないなんて開き直ってる場合かよ。この部屋を見てなんとも思わないのか？　なんとも思わないっていうなら鈍感過ぎだ」

妻の直子《なおこ》が反論する。「そりゃあ散らかってはいるけど、もっと酷《ひど》い家はあるわよ」

「どこの誰と比べて言ってんだ？」

「そんなに不満だったら自分で片付けたらいいじゃない」と頬《ほお》を膨らませた。

「俺が捨てようとすると、それはダメだとか言うから片付けられないんじゃないか。中村さん、うちのに言ってやってくださいよ。整理収納アドバイザーとしてビシッと」

中村真穂が言う。「ご夫婦でお考えが違うというのは、よくあることでございますので、まずは旦那様と奥様それぞれの、このお家をどういう状態にしたいかというご希望を、お聞かせ頂きたいのですが」

大輔が口を開いた。「どういう状態って……俺は家にいる間じゅう苛《いら》ついてしまうんです。真面目に働いているっていうのに、どうしてこんなに物で溢《あふ》れたきったない家に、住んでなくちゃいけないんだろうと思って。家にいるのにリラックス出来なくて、ストレスが溜《た》まるって、おかしいじゃないですか。だからストレスが溜まらない状態にしたいですね」

この3LDKのマンションは三ヵ月前に、空き巣に入られた。やって来た警察官は部屋を見回して「随分と荒らされましたね」と言った。恥ずかしかったし情けなかった。部屋の景色はいつもと同じだったのだ。

そんな状態だったから盗まれた物があったのか、盗まれたとしたらそれがなんだったのかは分からなかった。

ただ寝室に置いていた百万円が盗まれたことは、はっきりしていた。タンス預金として手元に置いていた百万円を、クローゼットの中の鞄《かばん》に入れていた。空き巣はそれを見つけて持ち去っていた。盗《と》られてショックではあったが、物が溢れかえったこの家で、現金をちゃんと見つける技には感心してしまった。

大輔と同じ五十五歳の直子は大雑把《おおざっぱ》な性格だった。なにもかもテキトーで、それでいいと思っている。だから注意しても一向に直さない。

なんでこんな女と結婚してしまったのか。交際中は大らかでいいと思っていた。細かい女よりこういう人の方が、一緒に暮らすのは気楽だろうと考えてしまったのは、人生最大のミスだった。明るいところや、へこたれないところも交際中には好ましく感じていた。だがこうした評価も間違っていたと結婚後に気付いた。ギャーギャーと煩《うるさ》く頑固なだけだったのだ。

いつからか気が付けば毎日喧嘩《けんか》するようになっていた。この喧嘩は大抵部屋がとんでもなく散らかっていることを、大輔が責めるところから始まる。直子が反省してくれればそれで終わるのに、開き直って逆ギレする上、片付けとは関係ない話を持ち出すものだから、大声で互いを非難し合うようになる。そして疲れたどちらかがトイレや寝室などに避難して、ドアを力任せに閉めて、ようやくその日の喧嘩が終わるのだった。

喧嘩するには体力がいる。心も疲れる。整理収納アドバイザーに、片付けを依頼出来るとネットで知り調べ始めた。アドバイザーに対する口コミをチェックした。平均評価が星五つの満点だったのは一人だけ。それが中村だった。コメント欄には感謝の言葉ばかりが並んでいた。中には人生が変わったなどという大袈裟《おおげさ》なものまであった。ネットの口コミに全幅の信頼を寄せている訳ではないが、他に技量を調べる手段はなかったので、ひとまず中村に電話をした。やたらに丁寧な言葉遣いをする人だった。感じが良かったので見積もりに来て貰《もら》うことにした。

直子にその話をしたら、プロに頼むのが一番ねなどと、すんなり了承したのは意外だった。

そして土曜日の今日、中村を自宅に迎えてリビングで打ち合わせを始めた。だがこんな状態にしている張本人が、生活していれば散らかるものだなどと言い出したため、大輔は黙ってはいられなくなった。他人様《ひとさま》の前だというのに、気が付けばいつもの口喧嘩がスタートしていた。

中村が尋ねる。「奥様はいかがでしょう。このお家をどういう状態になさりたいでしょうか？」

直子は少しの間考えるような顔をしてから「探し物が見つかる家がいいかも。見つからないのよ、必要な時に限って。そういうことってなぁい？　うちはあるの」と答えてからハハッと笑い声を上げた。

笑ってる場合かよ。怒りが胸に溢れて呼吸を乱す。

大輔は一つ息を吐《つ》いてから中村に向けて言った。「この調子なんですよ。呆《あき》れるでしょ。なにかというと、忙しいんだからしょうがないじゃないと言うんです。子どもが小さい頃は、確かに忙しくて大変だったと思いますよ。でも子どもたちは大きくなって、とっくにここを出て働いています。世話なんてしてないんだから、忙しいなんて理由は通じやしないっていうのに」

すぐに直子が「忙しいのよ。私だって働いているんだから」と言い訳をする。

「パートじゃないか。午前十時から午後三時までだろ」と大輔は指摘する。

「料理や洗濯をしているのは私よ。労働時間はあなた以上に長いわ」

「何時間も掛かるような本格的な料理じゃないだろ。洗濯だって洗濯機が洗ってくれるんだから、やることといったらボタンを押すぐらいじゃないか」

「これだもの」中村に対して「なんにも分かってないんですよ、この人は」と言い付けると、次に大輔に顔を向けた。「洗濯機は物干しに干してくれやしないのよ。私がやっているのよ。すべての洗濯物を一つひとつ広げて、干して、乾いたらすべての洗濯物を一つひとつ取り込むのも私よ。一つひとつ畳んで箪笥《たんす》に仕舞うのも私。洗濯機はやってくれないんだからね」

直子はうんざりしたような表情を浮かべて、わざとらしくため息を吐いた。

それから中村に愚痴《ぐち》る。「この人はこんなことも分からないんですから、嫌になっちゃいますよ」

お前という女は。

大輔が反論しようと口を開きかけた時、中村が割って入った。「家庭内別居をご提案させて頂きます」

えっ？

聞き間違えたのかと直子に目を向けた。

直子もびっくりしたような顔をしていた。

大輔は尋ねる。「今、別居と言いましたか？」

中村が頷《うなず》いた。「家庭内別居と申し上げました。希望する暮らし方が旦那様と奥様では違うようです。これを擦《す》り合わせるのは難しゅうございます。お互いにストレスがない暮らし方にしようとされるのであれば、生活する場所を分けるのが、一番シンプルな解決策だと思います。いかがでしょう。ご検討されてみては」

中村は真面目な顔をしている。これっぽっちも笑っていない。

ということは冗談ではなく本気で言っているのか……。家庭内別居なんて考えたこともなかったが。

直子に視線を向けた。

戸惑ったような表情を浮かべていた。

2

大輔は目を開けた。ベッド横のナイトテーブルに手を伸ばす。

時計は午前十時を指していた。

頬をペチペチと叩《たた》いてから上半身を起こした。伸びを一つしてベッドを下りる。寝室を出ると、散らばっている物を避《よ》けながら廊下を進む。

トイレで用を済ませてから鏡を覗《のぞ》いたら、浮腫《むく》んだ顔をしたオッサンがいた。

昨夜は飲み過ぎた。同期入社の石井陽介《いしいようすけ》の送別会があったのだ。

食品の輸入会社に新卒で入社した同期の大輔と陽介は、営業部に配属になった。三年後に陽介は体調を崩して経理部に異動になった。ストレスで胃をやられたという話だった。それから陽介はずっと経理畑で過ごした。

たまに二人で飲みに行くと、営業畑で働き続ける大輔を、陽介は「お前は凄《すご》い」と褒《ほ》めた。そして「駆け引きが苦手なお前の方が、先に潰れると予想していたんだがな」と陽介は毎回のように言った。

確かに大輔は駆け引きは苦手というか、出来ない。しようとも思わない。正攻法で仕事をするのが自分のスタイルだった。嘘《うそ》を吐かず、ライバル社を貶《おとし》めたりせず、取引先からの理不尽な値下げ要求にも屈せず、正直な商売をすることをモットーとしている。

上司からは随分叱《しか》られた。だがやり方を変えなかった。そのうちにこんなやり方でも、他の営業部員たちより成績が良くなると、誰からもなにも言われなくなった。

陽介はN県に帰って親の介護をするらしい。

大輔はトイレを出ると廊下を進み、リビングのドアを開けた。

あぁ。

思わず声が出る。

休日の喜びを一瞬で台無しにさせるほどの景色が、広がっている。

ソファの背もたれには服が大量に掛けられていた。これから洗濯するつもりなのか、洗濯が終わったものなのか不明だった。ローテーブルの上には飴《あめ》の入った袋やチラシ、雑誌などが置かれている。そして壁際の棚の前には、ピンク色の大きなバランスボール、足踏み器、足湯をするための容器などが並んでいた。

こうしたダイエットのためだとか、身体《からだ》にいいからだとか言って直子が買った物は、すでに使われなくなって何年も経《た》つ。八畳しかないリビングは不用の物が溢れていて、物を跨《また》がずにはソファに辿《たど》り着けない状態が、長年続いていた。

整理収納アドバイザーに見積もりに来て貰ったのは、一週間前だった。だが中村からは家庭内別居を勧められ、それをするかしないかで片付け方が変わるので、見積もり額はそれが決まってから出すと言われている。結論を出していないため、片付けはまだスタートすらしていない。

大輔は足で床にある物をどかしながら、ダイニングテーブルに近付いた。

テーブルには食パンの入った袋が置かれ、その下にメモがあった。「冷蔵庫に竹輪《ちくわ》の煮物があります。フラダンスに行ってきます」と書いてあった。

どういう組み合わせなんだよ。パンを食わせたいなら目玉焼きぐらい作っておけって。夕べの残り物の竹輪の煮物を食わせたいなら、白飯を炊いておくべきだろうが。主婦業をサボり過ぎなんだ、あいつは。

ムカムカしながらインスタントコーヒーを淹《い》れた。食パンをコーヒーで胃に流し込む。

着替えをしてから家を出た。

住宅街をしばらく歩く。黒いネットで覆われたマンションの角を左に曲がった。

外壁工事だろうか。

うちのマンションも建って二十五年になるので、大規模修繕の話が管理組合で議題に上るようになった。

十分ほど歩きヘアカット専門店のドアを開けた。勧められた手前の理容椅子に座った。

六十代ぐらいの男性店長がどうしますかと聞いてきたので、全体的に二センチ切って欲しいと頼む。

以前ここはぬいぐるみやら、エプロンやらを売る店だったが、十年ほど前にヘアカット専門店に変わった。それまではわざわざ電車に乗って、隣の駅まで行っていたので、ここが出来て助かっている。

大輔と同年代ぐらいの男性客が入ってきた。

練習帰りなのかゴルフのクラブケースを持っている。

店長から待つように言われた客は、入り口横の長椅子に腰掛けた。

ケッ。ゴルフするヤツは嫌いだ。

高校生の頃、地元のゴルフ場でバイトをした。嫌な客ばっかりだった。性格が悪くないとゴルフをやってはいけないのか、ゴルフをやっていると性格が悪くなるのか、どっちかだと思っている。

あれは二年生の春だった。付いたパーティの一人の訛《なま》りが酷くて、なにを言っているか分からなかった。何度も聞き返していたら怒り出した。そいつがクラブを振り上げたので逃げようとした。その時にそいつのキャディバッグを倒してしまった。俺は悪くなかった。暴力を振るおうとした向こうが悪い。クラブを避けようと、逃げた時のハプニングだから不可抗力だ。しかもキャディバッグの中のクラブは無事だったというのに、客は更に怒った。興奮した客は早口になり、益々なにを言っているのか分からなくなった。結局支配人に来て貰い一緒に謝った。だがそこまでしても許されず、クラブハウスに場所を移して怒られ続けた。そいつの顔、服装、名前、会社名を記憶に刻んだ。

五年前に、そいつが経営している不動産会社をネットでチェックしたら、倒産していた。ガッツポーズをした後でざまぁみろと声を上げた。長年に亘《わた》り定期的に、そいつの会社の動静をチェックしていた甲斐《かい》があった。俺はしつこい男なのだ。

ヘアカットが終わると三軒隣のパチンコ店に入った。

一時間で一万円を溶かしてしまい店を出た。

なんか食うかな。

腹を擦《さす》る。ふと、自分の腹部に目を落とした。

なんだかまた腹が出てきたような気がする。

去年の健康診断の結果にショックを受けて一念発起し、会社帰りに一つ手前の駅で降りて、自宅まで歩くことにしたのだが、一週間も続かなかった。

外食より、家にあるものを食べた方が身体にはいいんだろうが……竹輪の煮物って気分じゃないんだよなぁ。そういや俺は今日、食パン一枚とコーヒーしか口にしていない。一日に必要なカロリーが全然足りていないじゃないか。太るのはマズいが、カロリーが少ないのも身体には良くないはずだ。そうだな。外でしっかり食べよう。なににするか……よし、ラーメンにしよう。

急に楽しくなっていそいそと歩き出す。

駅の構内を通って北口に回り、ラーメン店の暖簾《のれん》を潜《くぐ》った。

カウンターに座り塩ラーメンを注文した。餃子《ギョーザ》とビールも。

五個の餃子を平らげたタイミングで、ラーメンが大輔の前に置かれた。

レンゲでスープを掬《すく》い啜《すす》った。

旨《うま》い。

ハマグリの出汁《だし》が効いている。小汚い店だが味は確かだった。

大輔が生まれた町は貝漁が盛んだった。だからだろう。母親の料理には貝を使ったものが多かった。大輔はその中でも特にハマグリが好きだった。

新婚当時、直子から今夜なにが食べたいかと聞かれると、ハマグリと答えたものだが、食卓には滅多に出てこなかった。「ハマグリとリクエストしたのに」と大輔が言うと、スーパーになかったとか、高かったとか直子は言い訳をした。そのうち直子は食べたいものを聞いてこなくなった。

大輔は大満足でラーメン店を出た。

自宅に戻り玄関ドアを開けてため息を吐く。

シューズラックの上にはマフラーや手袋、使い捨てカイロなどが無造作に置かれている。三月だというのに。恐らく次の冬までこのままここに放置する気なのだろう。廊下には傘立てに入りきらなくなった大量の傘が、床に積み重なっていた。

せっかくご機嫌な土曜日を過ごしていたのに、一気に気分が下がる。

派手にげっぷをしてから廊下を進む。

リビングで映画を観ることにした。

二時間ほどして直子からＬＩＮＥが入った。

夕食は外で済ませるので、家にあるもので食事をしてくれと書いてあったので、了解と返事をする。

それから大輔は立ち上がった。大きく伸びをしたら欠伸《あくび》が出た。

キッチンに移り冷蔵庫の中をチェックする。

食べたくなるような物はなかったので、床に直置《じか》きされているレトルト食品を見ていく。黄金色の派手なパッケージに目が留まった。

カレーだった。

夕食をこれに決めて次にパックご飯を探す。

シンク下の引き出しで見つけて一つ取り出した。

その瞬間、気付いた。

最高の休日になっているぞ。パチンコをちょっとやって、ラーメン食って、映画観て、カレーを食う。部屋がこんなじゃなかったら、俺は幸せを感じているところだ。それは……休日を直子と別々に過ごしているからでもある。側《そば》にいないから苛々しないし喧嘩もしなくて済む。だとしたら……家庭内別居はアリかもしれない。中村から提案を受けた時は驚いてしまい、そこで思考が止まった。話の流れで検討するということになったものの、ちゃんと考えようとしてこなかったが……うん。アリだな。家庭内別居。

後で直子にＬＩＮＥしてみよう。

そう決めると、大輔はカレーの箱の裏側にある説明書きを読み始めた。

3

「家庭内別居のレベルはどれくらいになさいますか？」と中村が質問した。

「レベルって……」思わず大輔と直子は顔を見合わせる。

中村の提案に乗っかり、家庭内別居をすることにした大輔たちは、彼女を再び招いた。

そして今、ソファに向かい合って座っている。

中村が言う。「最高レベルになりますと例えば食事の仕度《したく》も洗濯も、それぞれが別々に行います。これですとコストは高くなります。それぞれが一人暮らしをしているような状況に近くなりますので。初めて家庭内別居にトライする場合は、緩めのレベルの担当制からスタートされてみるのが、宜《よろ》しいかと思います」

「担当制？」大輔は聞き返す。

「はい」中村が説明を始めた。「例えばですがお料理を奥様が担当すると決めた場合、お二人分の食事を作って頂きます。またキッチンの整理、管理も奥様にやって頂きます。洗濯を旦那様が担当すると決めた場合には、お二人分の洗濯をして頂きまして、洗濯機のある洗面所の整理と管理も旦那様にやって頂きます。と、こういった感じでございます。担当の方が決めた片付けのルールを、もう一方の方に守って頂くのが肝心でして、それが上手くいきますと、片付いた状態がキープ出来るようでございます」

「なるほどね。まぁ、俺たちは初心者なんだから、担当制の緩い別居でいいんじゃないか？」と尋ねる。

直子が「そうね」と頷いた。

そこでまず部屋の割り当てを決めた。長男の裕俊《ひろとし》が使っていた部屋を大輔の個室にし、夫婦の寝室は直子の個室にすることになった。次男の亮治《りょうじ》が使っていた部屋には、裕俊の部屋から出したものを収納することにした。それからキッチン、洗面所、浴室、トイレ、玄関、廊下の担当も決めた。

中村が言い出した。「次はリビングでございます。最大の難関でございます」

「あら、そうなんですか？」と直子が明るい声を出す。

「はい」中村が答えた。「ここを担当制にしますと、その担当者の負担がかなり大きくなりますので、不公平だと思う方が多いようでございます。ですが、担当制にせずに、お二人で整理と管理をするようにしますと、片付いた状態が続かずに、元に戻ってしまうケースが多くなりますので、どちらのスタイルがいいのか、決めるのは難しゅうございます」

「元に戻るのは困るな」と大輔は言う。「散らかすのは直子なんだから、直子が担当しろよ」

「えー、嫌よ」と、直子。

「なんだよ、それ」大輔は中村に告げる。「ここにあるのは妻の物ばっかりなんです。こういう場合はやっぱり妻が担当するべきですよね？」

中村が尋ねた。「旦那様はリビングをどのようにしたいと、お考えでしょうか？」

「どのようにって」大輔は少し考えてから答える。「物を一掃したいですよ。妻しか使わない物は、妻の部屋に置くべきでしょ。ダイエット出来るとかいうグッズとか、冷え性対策の物とか、色々買っちゃあ、リビングに置くんですから」

直子が反論する。「テレビを見ながらやりたいからよ。テレビのある部屋に置いておいた方がいいじゃない」

「使い終わったら直子の部屋に戻せよ。これからは直子の個室が出来るんだから、必ずそうしろよ」と、大輔。

頬を膨らませた。「ここにはあなたの物だってあるわよ」

「なにがあるんだよ」

直子は首を左右に回して、辺りの物を片っ端から動かし始める。白い紙製の箱を持ち上げると、その下のＤＶＤケースに目を留めた。

そして「あらっ。こんなところにあった。ずっと探してたのに」と言って自分の膝に載せた。

〈フラダンス発表会二〇二三年〉と書かれたシールが、ケースに貼ってあった。

直子が出演した発表会のＤＶＤだろう。

直子が習いに行っている教室では、年に何度か発表会を開く。毎回大輔が観に来ると直子は思い込んでいて、今度の発表会はいついつだからと日にちだけを告げる。良かったら観に来てなどといった、慎ましさを感じさせる言葉は決して使わない。来るのが前提となっているところが、ちょっと気に入らない。酷い踊りなのだ。年のいった女たちが派手な揃《そろ》いの衣装を着て、ゆらゆらと左右に揺れるだけだった。

出演する演目が一つだけならまだいい。その時間に合わせて会場に行き、終わったら楽屋に顔を出して、観たからなとアピールしてから先に帰ればいいので、我慢は十分ぐらいで終わる。だがチーム編成を変えて何度も出演するのだ。午前十時と、午後一時と、午後四時の三回出演するなんて時は最悪だ。息子たちは仕事が忙しいだとか、予定が入ったなどと言って最近は観に来ない。だから大輔はたった一人で、この拷問《ごうもん》に一日中耐え続けるのだ。

家庭内別居をしたら、もう発表会に行かなくてもいいのだろうか。夫としての義務から解放されるのだとしたら……別居、最高。

直子が「やだっ。こんなところにあった」トンカチを持ち上げた。

大輔は言う。「なんでここにそんな物があるんだよ」

直子が首を傾《かし》げた。「なんでかしら。全然覚えがないわ。あなたじゃない？」

「俺は使ったら元に戻すよ」

「だったら私かしら。トンカチが退屈して自分で歩いてきたのかもよ。ハハッ」と笑い声を上げた。

直子は絶対にどこかのネジが緩んでいる。長年の疑いが今、確信に変わった。

4

直子がエコバッグからお握りを取り出した。

そして「あなたはこっちでしょ」と言って二個のお握りを大輔の前に置く。

それは直巻きのお握りだった。

大輔はお握りの海苔はしっとり派だった。

それで大輔用に、直巻きのお握りをコンビニで買ってきたのだろう。残り四個は全部手巻きタイプのお握りだった。

直子が「どうぞお好きなのを選んでくださいな」と言うと、中村は昆布と鮭《さけ》を選んだ。

片付け初日の今日はキッチンからスタートした。リビングをどうするかはまだ結論が出ていないのだが、その決定を待っているとなかなかスタートが切れないので、出来るところから始めることになったのだ。

キッチンにある物すべてを、ブルーシートの上に仕分けしながら出した。長年使っておらず不要と判断した物がとても多かった。大輔は処分すると決めた物をゴミ袋にせっせと詰め込み、マンションのゴミ置き場に運んだ。何往復もした。

三時間後にキッチンは入居したばかりの頃の姿に戻った。物が溢れて半開き状態だった棚の扉が、すべてぴしっと閉じてあるだけでも印象は全然違う。

洗面所の片付けに取り掛かる前に、昼食を摂《と》ってしまおうということになり、直子がコンビニに走り、お握りとドリンクを買ってきたところだった。

中村がペットボトルの緑茶を飲み、それをダイニングテーブルに戻した。「お差し支えなければ、お二人の出会いをお聞かせ頂けますでしょうか？」

直子がお握りを頬張っていて喋《しゃべ》る気配がないので、大輔が答えた。「友人が絵をやっていまして、その彼が個展を開くというので観に行ったんです。そこにたまたま妻も来ていたんです。画家の恋人が、妻の友人だったたんです」

中村が期待を込めたような目でじっと大輔を見つめる。

なに？　なんでそんな顔？

大輔は「なんですか？」と尋ねる。

「お話は終わりですか？」と中村が確認する。「個展会場にお二人がいたというのは分かりましたが、それだけで交際することにはならないと思うのですが。そこから先はシークレットでしょうか？」

「シークレットじゃないですけど」と言って大輔は苦笑いをする。「その彼の絵がですね、シュールレアリスムというんだったかな。分かり難《にく》い絵だったんです。エレベーターの中でシマウマが暮らしていたり、女性が自分の指に塩を振って食べようとしていたりなんですよ。そういう絵を観て俺は固まってたんです。観に行った訳ですから、彼から感想を聞かれるだろうと、予想出来るじゃないですか。そうなった時に、なんて答えたらいいかと困っていたんです。そうしたら会場で絵を熱心に観ている人に気が付いたんです。それが妻でした。真剣な様子で絵を観ていたので、不可思議な世界を理解して味わっているのかと思って、声を掛けたんです。その絵、好きですかと。そうしたら、なにがなんだか分からなくて、好きか嫌いかも分かりませんと答えて、ハハッと笑ったんです。理解出来ないのは自分だけじゃないと知って、少しほっとしましたよ。それから話をして、電話番号を交換して、といった具合です」

あの時……直子の笑顔にノックアウトされた。真っ赤な口紅を塗った口を大きく開けて笑う姿が、とても魅力的に思えた。こんな風に笑う人が隣にいたら、毎日楽しそうだと思った。その時付き合いたいとは思ったが、結婚のことまでは頭になかった。当然ながら三十年後に、家庭内別居をすることになるとも予想していなかった。

中村が言う。「素敵な出会いですね」

「俺らは結婚しましたが、その彼と恋人は別れたんですよ。だったよな？」と直子に確認する。

直子が頷いた。「凄く仲が良かったので、別れたと聞いた時にはびっくりしました。一心同体といった感じだったんですよ。彼が描いた絵を、まるで自分が描いたかのように、説明するぐらいだったのに」

中村が尋ねた。「その画家の方は今は？」

大輔が答える。「タクシーの運転手をしているそうです。独身で」

直子が「彼女の方は別の人と結婚したんですけど、十年ぐらい前に別れたと聞きました」と伝えた。

中村がしみじみとした口調で「ご縁というのは不思議ですね。続くと皆から思われていたカップルが別れたり、すぐに別れると思われていたカップルが、長く続いたりしますね」と言った。

そういう中村はどうなのだろう。結婚しているのか、いないのか。一見お上品そうに見えなくもないのに、出してくるアイデアは突拍子もなくて、中村という人物を摑《つか》みかねているんだが。

お握りを食べ終わると、皆で洗面所の整理に取り掛かった。

四畳ほどの洗面所の左奥には、洗濯機置き場があり、その横には浴室のドアがある。右サイドには洗面台があり、その隣には一・五メートルほどの高さのラックが置かれている。その四段ある引き出しすべてから物が溢れていて、半開きになっている。また洗剤の在庫などは床に直置きされていた。

ここの担当に決まった大輔は、乾燥機能付き洗濯機に買い替えることにした。すると直子がキャンキャンと文句を言い始めた。「乾燥機能付きのにしたいと私が言った時には、高いと言って反対した癖に、自分がやるとなったら、乾燥機能付きのに買い替えるなんてズルい」と大声を上げたのだ。

確かに俺は言った。乾燥機能付きだと、普通の洗濯機の二倍くらいの価格だったからだ。太陽に乾かして貰えば電気代だって掛からないのだし、乾燥機能付きのは贅沢《ぜいたく》品だと思ったのだ。だがその時には洗濯は直子がやるのが前提だった。直子はパートなので朝は九時半頃に家を出る。だから洗濯を干す時間がある。だが新たに担当になった俺は、八時には家を出なくてはならない。帰りも遅い。部屋干しする場所もない。乾燥機能に頼るしかないじゃないか。他に選択肢はない。それまでとは前提条件が変わったのだから、違う結論を出したっていいじゃないか。

それなのに酷いだとか、あなたはいつもそうやって自分中心なんだとか言って、俺を責め続けた。そして「だったら自動食器洗い機も買ってよ」と言い出した。だが我が家のキッチンには、自動食器洗い機を置くスペースはない。どうしても採用するとなったら、キッチンを丸ごとリフォームするしかないことは、直子だって分かっているはずだった。以前検討した時にそれが理由で諦めたのだから。キッチンを丸ごとリフォームする金などないと分かっているのに、そんなことを口にするのだから嫌になる。

それでまた喧嘩になった。

いつもなら喧嘩をしても翌日になれば機嫌を直す直子が、今回は不機嫌な状態が続いた。昨日になってようやく、普通に会話が出来るようになったところだった。

中村と直子が洗面所にある物を、ブルーシートにすべて出している間、大輔は隅でラックの組み立てを始めた。中村のアドバイスに従い、買ったばかりの洗濯乾燥機の上部の空間を活かそうと、背の高いラックを用意したのだ。

ポールを洗濯乾燥機の横に立て、回しながら長さを伸ばす。最上端が天井に付くと、今度は最下端を床に密着させて固定する。

そうやって四本のポールを、洗濯乾燥機の周りに配置した。次に横板を洗濯乾燥機のトップ部分から十センチほどの位置で、ポールに仮止めをした。

そして振り返った大輔は思わず大きな声を上げた。

「そんなにあるのか」

ブルーシートには大量の物が載っていた。ブルーシートの上には〈残す物〉〈処分する物〉〈保留〉と書かれたカードが置かれていて、それぞれのカードの前に三つの山が出来ている。

大輔はピンク色の容器を持ち上げた。「これは化粧品だろ？　残す物が多過ぎだよ。ここは狭いんだから、処分しないなら直子の部屋に移せよ」

直子が口を尖《とが》らせる。「ここで使う物を、どうして私の部屋に置かなきゃいけないのよ」

「だから」大輔は声を上げる。「化粧は自分の部屋でしろって言ってんだよ」

直子が口を開くより先に中村が言った。「それは化粧品の中でも、基礎化粧品と呼ばれている物でございます。顔を洗った後にすぐに塗る物です。ですからお部屋ではなく、洗面台の近くにある方が便利なのです」

直子が「味方してくれて有り難う」と言うと、中村の腕に自分の腕を絡《から》めた。なんで男対女って感じになってるんだよ。

中村が説明する。「化粧品の中には色々種類がございまして、それぞれ役目が違っておりますので、使うタイミングも違います。こうしたことは使用されない方には、分かり難いと推察致します。この洗面所は旦那様の担当ではございますが、一つひとつの物を管理するのは至難の業《わざ》と思われます。このご用意頂きました百均ショップのケース単位で管理するのが、宜しいのではないでしょうか」白いケースを持ち上げた。「奥様だけが使う物はこのケースに入れて頂きます。この洗面所に、奥様が置けるのはこのケース一つと決めた場合、旦那様だけが使う物を入れるケースも、一つだけとなります。これで公平になります。ケースに入りきらなかった物は、それぞれのお部屋で、保管して頂くようにするのはいかがでしょうか」

大輔が「まぁ、それでいいですけど」と了承すると、直子が中村に向かって「いいですよ」と言った。

中村が提案する。「洗剤や日用品もケースに入るだけと決めますと、買い過ぎを防げますよ」

中村の視線の先を辿ると、大量の携帯用ウエットティッシュが積まれた山の一部で、雪崩《なだれ》が起きていた。

5

えっ。子ども？

大輔は驚いて足を止めた。それから隣の直子に顔を向ける。

直子も目を丸くして立ち尽くしていた。

長男の裕俊が「なにしてんだよ、入ってよ」と促した。

大輔は戸惑いながら、レストランの個室の中に足を踏み入れた。

裕俊が隣の女性を紹介する。「川瀬桃花《かわせももか》さん。それから桃花さんの娘さんの優杏《ゆりあ》ちゃん」

桃花が「初めまして」とお辞儀をすると、隣の優杏も「こんにちは」と言って頭を下げる。

大輔は「どうも」と口にするのが精一杯だった。

直子は無言で頭を少し下げただけだった。

裕俊に促されて、彼らの向かいの席に着くや否や、ウエイターが水の入ったグラスを大輔の前に置いた。

大輔はその水をすぐさまガブガブと飲む。

裕俊から紹介したい人がいるので会って欲しいと言われたのは、二週間ぐらい前だった。レストランを予約するので、日曜のランチを一緒に食べないかというのだ。そんなことを言われたのは初めてだったので、真剣に付き合っている人なのだろうと思った。裕俊はまだ二十五歳だが、結婚を考えても不思議な年ではない。

直子は「どんな人なのかしらね。ワクワクするけど緊張もしちゃう」などと言って、今日の顔合わせを楽しみにしていた。

直子も聞かされていなかったのだろう。相手に子どもがいることを。

大輔はメニューを開いた。

色々書いてあるが一向に頭に入ってこない。

隣の直子に目を向けた。

メニューを開いてはいるものの、気持ちは別のところにあるようで、料理を選んでいるようには見えなかった。

大輔は「Aのコースにするよ」と声を出し、「直子もそうするか？」と尋ねる。

直子ははっとしたような表情を浮かべてから「ええ、そうするわ」と答えてメニューを閉じた。

注文を受けたウエイターが部屋を出て行った。

たちまち静けさに包まれる。

なんだか居心地が悪くて座り直した。

それから大輔は「優杏ちゃんはいくつ？」と尋ねた。

「六歳です」と優杏はハキハキと答えた。

六歳……そうか。六歳か。

優杏は猫のキャラクターが、胸にプリントされているトレーナーを着ていた。前髪を留めるピンにも、同じキャラクターの絵が付いている。

大輔が「小学一年生かな？」と重ねて聞くと、優杏は首を左右に振った。

ということは来年小学生か……桃花はいくつなのか。女の年齢を当てるのは難しいものではあるが、子どもが六歳なのだから、裕俊より大分年上なのは確実だろう。

直子がお絞りの袋を開けた。そして指を一本一本丹念に拭《ふ》き始める。

大輔の聞きたいことを察したのか、桃花が口を開いた。「私は三十五歳で、裕俊さんより十歳年上です」

十歳年上……。

裕俊が説明する。「彼女は直属の上司だったんだ。今は僕が異動になったんで、上司と部下ではなくなったけど」

会社には他にも女がたくさんいるだろうに。年の近い社員が。未婚の人が。子どもがいない人が。会社の外ならもっともっと大勢の女がいる。だが裕俊は桃花を選んだ。厄介《やっかい》な話だ。こうして俺たちに紹介しようと場を設けるぐらいなのだから、真剣なのだろう。俺たちが反対したところで耳を貸さないに違いない。頑固なところのある子だし。

裕俊は中学生の頃はゲームばかりしていた。勉強をしろと言ってもやらなかった。そんなではあったが、成績はクラスの真ん中辺りをキープしていた。塾選びも、志望校も、裕俊は自分で決めた。大輔をはじめ、クラスの担任や塾の講師が、志望校だけでなく滑り止めとしての大学も受験するよう勧めたが、行きたくもない大学を、受験する意味が分からないと言って拒否した。

運良く志望の大学に合格すると、漫才サークルに入った。同級生とコンビを組みプロになると息巻いた。言い出したら聞かない子だから、漫才師になろうとするのを止められないだろうと、大輔と直子は観念した。大変な道を選んだ息子を見守るしかないと覚悟を決めた。

ところが大学三年生の時に方向性の違いだとかで、相方と喧嘩をしてコンビを解消した。それから裕俊は就活を始めた。同級生たちより周回遅れでのスタートだったが、なんとか広告代理店に就職することが出来たのだった。

サラダとスープが運ばれてきた。

優杏の前には、大人たちより一回り小さい器とカトラリーが置かれた。

優杏は桃花に「食べていいの？」と尋ねた。

桃花が「いいわよ」と許可すると、優杏は「いただきます」と言ってスプーンを握る。

そして真剣な表情でスプーンをスープの中に入れた。慎重に口の近くまで運ぶ。それから小さな口を開けると、ゆっくりとスプーンを傾けた。

裕俊がなにか言い始めたが、大輔の耳には入ってこない。

ひたすら優杏を見つめ続けた。

結局二時間ほどの食事中に喋っていたのは、裕俊だけだった。直子は黙りこくっていたし、大輔も黙々と食べるのみだった。桃花も優杏も、自分たちからはなにも話し出さなかった。

会計を済ませて店を出た。五人で駅に向かう。

改札の前で優杏が「バイバイ」と手を振る。

大人たちは「それじゃ」と言い合った。誰も「また」という言葉を口にしなかった。慎重にその言葉を避けているようだった。

大輔と直子は電車に乗った。

直子は沈んだ表情で黙っている。

一度乗り換えてからR駅で降りた。

小さな商店が並ぶ通りを歩き右に折れ、石塀に落書きのある空き家の前を進む。

公園から子どもたちの歓声が聞こえてきた。

直子が足を止めて通りの向かいの公園に目を向ける。

大輔も立ち止まり、直子の視線の先を追うと、子どもたちが走り回っていた。

直子がぽつりと「胸が痛いわ」と呟《つぶや》いた。

「俺もだ」と大輔は言った。

直子は痛みを堪《こら》えるかのように顔を顰《しか》める。

大輔たちには娘がいた。玲奈《れいな》は二人にとって初めての子どもだった。難しい病気に罹《かか》り六歳で天国に行った。裕俊は幼過ぎて、姉である玲奈のことはほとんど覚えていないだろう。優杏が身に着けていた猫のキャラクターを、玲奈も好きだった。

玲奈を忘れたことはない。玲奈への思いは普段胸の奥の方に置いている。だが今日優杏と対面して、玲奈への思いが胸の最上部に一気に上がってきた。気が付けば失った時の痛みがぶり返していた。ランチはその痛みに耐え続ける二時間となった。

直子が口を開く。「いつもの痛みとは少し違うの。小さい女の子を見掛けて感じる気持ちと、今日は違ったのよ。どうしてかしら」

少しの時を置いてから大輔は言った。「俺もいつもとは違う痛みを感じているよ。女の子が急に現れて……玲奈が天国に行った時と同じ年の女の子が、俺たち家族の中に入って来るかもしれないと知って、驚いて、拒否反応みたいなものが出てきて、動揺して、胸の中が引っ掻《か》き回されて、いつもは奥の方にあるものが上に出てきて……それでいつもとは違う痛みだったのかな。俺自身もよく分かってる訳じゃないんだが」

しばらく考えるような顔をしてから口を開いた。「今の、合っているような気がするわ。なんていうか……しっくりきたから」

「そうか」

大輔は玲奈を失った日から、哀《かな》しさと痛みを抱えて生きてきた。直子も自分と同じように、痛みを抱えて生きているのは分かっていた。また直子の方も、大輔の気持ちを分かっているであろうことを確信していた。他のことでは、相手がなにを考えているのか見当が付かなかったし、理解したくもなかったが、このことだけは別だ。辛《つら》い経験をした大輔たちは、同じ痛みを共有する者同士だった。

大輔は直子から公園に目を移す。

滑り台の上に女の子がいた。

その子が滑り降りるのを見守った。

大輔の口から一つ息が漏れた。

6

スマホ画面の中の中村が質問した。「洗面所の使い心地はいかがですか？」

「とてもいいですよ」と大輔は答える。「問題は出てません。決めたルールを妻も俺も守っているので、散らかったりしてませんし。洗濯もちゃんと担当の俺がやってます。外に干していた時よりフワフワなんですよ。乾燥機能付きのを導入して正解でした」

大輔と中村はWEB会議用のアプリを使って、オンラインで打ち合わせをしていた。

ダイニングテーブルにスマホスタンドを置き、そこにスマホを載せている。横にはインスタントコーヒーを入れた、マグカップを用意していた。

本当は中村に来訪して貰い、直子も加えた三人で話をするはずだったが、直子が急遽《きゅうきょ》フラダンスの練習に行くことになり、二人だけのリモートミーティングとなった。

フラダンスの発表会が間近に迫る中、一緒に踊る予定だった仲間のうち三人が、感染症に罹ったそうで、内容を大幅に変更する必要があり、その練習に向かったのだ。

中村がにっこりと微笑《ほほえ》んで「気持ち良くお使い頂いているようで良かったです」と言った。

「リビングを担当制にするか、それとも担当制にはしないか、結論は出ましたでしょうか？」

頭を掻く。「それがねぇ。話し合いは全然進んでいないんですよ。どっちも担当制にした方がいいとは思っているんですが、どっちも担当にはなりたくないもんで」

「担当を決めるのが難しい場所でございますからね。それではご夫婦の寝室と、旦那様の個室の方を先に進めるように致しますか？」

「そうですね。それでお願いします」

「それではまず、旦那様がこれから、個室としてお使いになるお部屋のお話をさせて頂きます。ご長男様のお部屋だったということで、お部屋にはご長男様の物と、使わなくなった家電品や、健康グッズなどがあるとのお話でございました。こうした物の取捨選択はどう致しますか？」

「家電品や健康グッズは妻にジャッジして貰いましょう。残したい物は妻の部屋に移して、それ以外は処分で。息子の物は……全部捨てていいと言うと思いますが、一応本人に聞いておきますよ」

　返事がくるかどうかは分からないが……。レストランでの食事会以降、互いに連絡を取っていない。なんだかあの日を境に、裕俊との距離が開いたように感じている。

　中村が「お願い致します」と言った。「ご長男様が残したいと思われた物は、ご次男様が使っていらしたお部屋に、移動させて頂くことも併せてお伝えください」

「分かりました」

「ご長男様がお使いになっていたベッドはそのまま残して、旦那様がお使いになるということでしたが、変更はございませんか？」

「変更はありません。俺が使います。古い物なのでマットがちょっとへたっていますが、ベッドは結構しますからね。買い替える予算はないのでそのままで」

「承知しました。勉強机はいかが致しましょうか？」

「勉強机……あれがなければ部屋を広く使えますよね。でもこれから、なにか机を使ってすることがあるかもしれないし……迷いますね」と、大輔。

「迷われているのでしたら、今回は残されておかれてはいかがですか？」

「そう、ですね。そうします」

画面の中の中村がノートになにかを書き付ける。

そうしてから顔を上げた。「次はご夫婦の寝室のことをお聞かせください。そこにある旦那様の物をすべて、個室に移すと伺っておりますが、どういった物がおありでしょうか。お洋服と、他には？」

どこまで中村に話すべきか——。ただの整理収納アドバイザーに個人的な話をするのは……ちょっと嫌だ。だがもうすでにプライベートを曝《さら》け出しているような……いや、やはりこのことは別だ。第三者に触れられたくない。

大輔は口を開く。「寝室に俺にとって大切な物があります。クローゼットの中に。それは妻にとっても大切な物なんです。だから全部を俺の部屋に移すことは出来ないので、半分を俺の部屋に移したいと考えています。俺の個室のクローゼットの中に他の物とはきっちり分けて、特別な場所を作って仕舞いたいんです。そういうの、お願い出来ますか？」

「ご夫婦にとって大切な物を二つに分けて、別々の場所に保管することを、奥様は了承されていらっしゃいますか？」

「いえ。まだ話していないので」

「そうですか。それはどれくらいのサイズの物でしょうか？」

「色々なサイズの物があって、今それらをまとめて段ボール箱に入れています。確か段ボール箱は二つだったと思います」

中に入っている物のサイズは色々だった。ビデオテープ、絵、ぬいぐるみ……。

中村が聞く。「旦那様のお部屋のクローゼットに、特別な場所を作って保管されたいというお話ですが、見える場所に飾ったりはしなくて宜しいのでしょうか」

飾る……そんなの、耐えられない。だから俺たちはクローゼットに仕舞っていたのだ。玲奈が描いた絵が視界に入れれば、喪失感と向き合うことになってしまう。ホームビデオだって、玲奈が亡くなってから一度も見ていない。

最後に玲奈を撮影したのは、病院内で行われたイベントの時だった。

玲奈が通っていた幼稚園では、母親たちが手作りした揃いの衣装を着て、踊りを披露《ひろう》する行事があった。玲奈はこのお遊戯発表会をとても楽しみにしていて、熱心に練習をした。母親譲りなのか踊るのが好きな子だった。

だが発表会の前に入院が決まった。玲奈は発表会に参加出来なかった。その話を聞いた看護師が、小児科病棟内のイベントで披露したらと、声を掛けてくれた。喜ぶかと思いきや、玲奈はイヤイヤと首を左右に振った。一人ではなく皆と踊りたかったのだと言った。すると二人の看護師が、教えてくれたら一緒に踊ると申し出てくれた。玲奈はとても喜んだ。

　直子は急いで大人用の揃いの衣装を二人分作った。そして看護師たちは、発表会の時のビデオを繰り返し見て練習を重ねた。

　ある晩、大輔が病院の廊下を歩いていたら、玲奈が踊ることになっているアイドルグループの曲が聞こえてきた。看護師の鼻歌だった。その看護師はカートの上の器具を確認しながら、左手をゆっくり左右に振った。四回振ってからトンと左の踵《かかと》を床に着けた。フリの練習をしていたのだ。大輔は有り難くて有り難くて胸がいっぱいになった。看護師に近付き、感謝の気持ちを口にしようとしたのだが、言葉が出てこなかった。胸の真ん中が波打っていた。大輔はただ頭を深く下げた。看護師は「恥ずかしいところを見られちゃった」と言って照れたような顔をした。そして続けた。「玲奈ちゃんは痛くて、辛くて、怖いでしょうに治療を頑張ってます。それは凄いことですよ。だから応援してます」と。大輔は気が付いたら泣いていた。

　イベント開催の一週間前になって、玲奈の体調が悪化した。大輔と直子は、玲奈を失ってしまうのではないかという恐怖で身の縮む思いだった。玲奈は高熱で怠《だる》そうにしているにも拘《かかわ》らず、踊りの練習をすると言って聞かなかった。良くなったらたくさん練習をしようと説得し続けた。熱が引いたのはイベントの前日だった。

　当日、玲奈と二人の看護師は病棟内のホールで踊りを披露した。椅子を並べた客席で見守っていた他の患者や、その家族、医師やスタッフたちから大きな拍手を貰った。玲奈は最高の笑顔を見せた。ぴょんぴょんと飛び跳ねて幸せそうにしていた。

その姿を映したビデオテープが、寝室のクローゼットに眠っている。

大輔は言う。「飾りません。飾りませんが、他の物と同じようには仕舞いたくないんです」

「ご夫婦のどちらにとっても大切な物ならば、それぞれの部屋に二分するのではなく、蓋《ふた》付きの桐《きり》製の箱に入れて、リビングの棚の中に仕舞うのはいかがでしょうか。共有スペースのリビングの一ヵ所に、すべてを仕舞うのであれば、これまで寝室に置かれていた状況と同じになりますので、奥様の抵抗感も少なくて済むように思いますが」

あぁ……その方がいいか。二つに分けるのは難しいもんな。だが……直子は自分の側《そば》に置きたがるかもしれない。

考え込む大輔に中村が声を掛けた。「今決める必要はありませんので、まずは奥様とお話をなさってください。お二人の意見が違うようでしたら、次回の打ち合わせの際に改めてお話を伺うということで、いかがでしょうか」

「そうですね。そうさせて貰います。なんだかなかなか前に進まなくて、時間ばかり掛かっててすみません」

「とんでもありません。片付けは、ご自身の過去と未来を再編成する作業でございます。時間が掛かって当然です。一日で一気に片付けを行う整理収納アドバイザーもおりますが、わたくしは違うスタイルを取っております。時間を掛けて少しずつがモットーでございます。だからこそ時間制ではない料金制度を取っております。片付けをしている途中で、お考えやお気持ちが変わるお客様はとても多いです。勢いで片付けてしまっては、後悔する可能性が高くなります。後々、お客様が後悔することがないように、進めていきたいと考えております。これまでの人生の棚卸《たなおろ》しをして、これからどういう生活をしたいかを考えて、捨てる物と、残す物を、ゆっくり決めて頂くのが、宜しいのではないかと思っております。もう一つ申し上げるならば、残す物をどこに、どのように置くのかもとても大事でございます」

人生の棚卸し……。そんな大事《おおごと》だったのか、片付けは。なんだか大変なことに、首を突っ込んでしまったような気分になる。

大輔はマグカップに手を伸ばした。コーヒーをひと口飲み、その苦さを味わった。

7

大輔は腰に手を当て右足を後ろに引いた。そして右のアキレス腱《けん》を伸ばす。回れ右をして今度は左のアキレス腱を伸ばした。

ピーと鋭い笛の音が階下から聞こえてきた。

玉入れ競技の終わりを知らせる笛だった。

体育館では大輔が勤める会社の運動会が開かれている。五十年前の創業以来ずっと続く恒例行事で、毎年五月の第三日曜日に行われる。部門同士が対抗戦で様々な競技の点数を競う。社員は絶対参加で、契約社員は不参加だと、来期の契約が更新されないとの噂《うわさ》があるほど、社長はこの運動会を重視していた。そのためパートの面接の際には、運動会に参加すると誓った人しか採用しないと、人事部長が言っていた。

午前九時にスタートし二時間ほどが経った。

大輔が出場する四方綱引きの開始まで、あと十五分ほどとなり、二階の観覧席の最後列にある通路で、準備運動を始めたところだった。

去年総務部の課長が徒競走に出場し、アキレス腱を切る怪我《けが》をした。大輔より十歳も年下なのに。他人事《ひとごと》では全然ない。気を付けなくては。

「お疲れ様です」と言いながら、経理部の山地正洋《やまちまさひろ》が近付いて来た。

腰を捻《ひね》りながら大輔は「お疲れ」と答える。

山地が尋ねた。「今日、奥様は?」

「今日は来てないんだ。フラダンスの練習に行かなくちゃいけなくて」

「そうなんですか。残念です。僕、部長の奥様のファンなんですよ」

「なんだよ、それ」

「明るくて、元気で、素敵な奥様じゃないですか。物の値段に詳しいし」と、山地。

大輔は苦笑いを浮かべる。

運動会には社員の家族だけが参加出来る競技もある。その一つが『がっちり貰いましょう』という名の競技で、床にばらまかれた品々から、設定された金額になるように選び取るものだった。スナック菓子や缶詰、トイレットペーパーなどの日用品の価格をどれだけ知っているかが、勝利の鍵だった。この競技が直子は滅法《めっぽう》強く、四年連続で一位を取っている。物の値段だけはしっかり覚えておけるのだろう。人はなにに才能を発揮するか分からない。一位になった人は、選び取った物をすべて貰えることになっていて、直子は毎回とても喜んだ。

山地が立ち去ると、大輔は肩をゆっくり回し始めた。ポキポキと関節が鳴る。音が鳴りはするが回すことは出来た。

四十一歳のある日、突然肩を動かせなくなった。これが四十肩かと愕然《がくぜん》としたが、五十代になったら、何故《なぜ》か以前のように動かせるようになった。身体の老いは謎めいている。

準備体操に熱中しているうちに、気が付いたら二人の部下に挟まれていた。

五十嵐豪《いがらしごう》が質問する。「奥様はどちらにいらっしゃるんですか?」

大輔がフラダンスの練習に行っていて、今日は来ないと伝えると、五十嵐は残念そうな顔をした。

そして「それじゃ、『がっちり貰いましょう』の連勝記録が途切れてしまうんですね」と言い、新入社員の松本卓也《まつもとたくや》に向けて競技の内容や、直子の例年の活躍について説明した。

一通り話を聞いた松本は「凄いっすね」とコメントした。

大輔は五十嵐に尋ねる。「社長のお連れの方についての注意点を、松本君に話した?」

五十嵐はしっかりと頷き「今日一番で話しました」と答えた。

松本が神妙な様子で「気を付けます」と言って顔を左へ向ける。

その視線の先には社長と、連れの女がいた。

社長の愛人だった。

長い黒髪が印象的な細身の人だった。二十代と思われるが、いろんなことを知っていそうな雰囲気があり、また妖艶《ようえん》さを全身から発していて、見つめられると汗が出てくる。

社長は例年妻を連れて運動会に来ていたのだが、二年前から突然愛人の方を同伴するようになって、社員たちはざわついた。

その女を奥様と呼んではいけないこと、目が合って手を振られても、振り返したりしないことなどの注意点が、社員間で秘密裏に申し送りされた。

社長たちの一列後ろの席には、副社長が一人で座っている。

三年前に離婚したからだが、結婚している時も、妻を運動会に連れて来たことはなかった。

副社長の斜め後ろにいるのは、取締役とその家族だ。妻と、その彼女に体形も顔もそっくりの二人の娘が、並んで座っている。

家族の形は色々だな。

松本が口を開く。「四方綱引きをするの、初めてなんですが、うちのチームはどういう戦術で戦うんですか?」

大輔は両手に力を入れて握り、その拳《こぶし》をぱっと開く。

手の運動をしながら聞き返した。「戦術?」

「はい」松本が頷いた。「ネットで調べたら二組で対戦する綱引きとは違って、一度に四組で戦う四方綱引きは、戦略が大事って書いてあったんです」

グーパーするのを止《や》めて、その手を松本の肩に置いた。「真っ向勝負するだけだ。こっちが戦略を立てたって、他の三組がどう出てくるか分からないんだから、その通りになんかならない。隣のチームが近付いてきたり、逆に遠ざかったり、色々仕掛けてくるかもしれないが、うちは正攻法でいく。四人で息を合わせてとにかく引っ張る。後ろに置かれた紙風船に近付くことにだけ、集中すればいい。それで大抵勝ってるから」

松本は「分かりました」と言った。

素直な新入社員で良かった。

予定通り午前十一時十五分に四方綱引きが始まった。正攻法で戦ったのが功を奏したのか、それとも四人の合計体重が重かったお蔭《かげ》か、大輔たちのチームは二勝し十点を獲得した。

観覧席に戻ると、営業部の社員と家族たちが拍手で迎えてくれた。

笑顔で労《ねぎら》われているのに何故か少し寂しい。どうしてだろう。あっ。直子か。直子の声がないからだ。いつも凄い凄いと大袈裟に褒める直子の声が今日はない。だからだろうな、多分。そんなことで寂しいと思ってんなよ、俺。自分が導き出した寂しい理由にちょっと動揺する。家庭内別居しているってのに。

午後五時にすべての競技が終わった。優勝は総務部にもっていかれた。

自宅に戻ったのは六時を過ぎていた。直子はまだ戻っていなかった。

玄関の灯《あか》りを点《つ》けて廊下を進む。

洗面所の灯りを点けたら、洗濯乾燥機が回っていた。

帰りがもっと遅くなると予想して、仕上がり設定時間を七時にしておいたのだ。

誰もいない家で洗濯を始めていたマシンを健気《けなげ》に感じて、「ただいま」と声を掛けた。

それからリビングの灯りを点けた。

ダイニングテーブルに置かれた、直子が残したメモを読んでから冷蔵庫を開ける。

中を確認するとすぐに扉を閉じて目を擦《こす》った。疲れていて少し眠い。

夫婦の寝室に移動して、ベッドに腰掛けた。

ふと、クローゼットに目を向ける。

昨日の中村との打ち合わせで、クローゼットの中の大切な物をどうするか、直子と話をして決めるということになったのだが、まだ出来ていない。

一つ息を吐いてから立ち上がった。

クローゼットの扉を開けて中を覗く。

大量の物が乱雑に押し込まれている。

大量の雑誌をまずは外に出した。以前使っていた置き時計も取り出す。Ａ４サイズのファイルを十冊ほど取り出したところで、段ボール箱の側面が見えた。

多分これだ。

注意深く引っ張り出して床に置いた。ガムテープに手を掛けたところで迷いが生まれた。だが迷いを振り払ってガムテープを剝《は》がした。フラップを開ける。

あぁ。声にならない声が零《こぼ》れた。

一番上に玲奈のお気に入りだった、猫のキャラクターのぬいぐるみが載っている。

枕元に置きいつも一緒に寝ていた。

ぬいぐるみをそっと持ち上げて床に移した。

スケッチブック、折り紙で作ったメダル、幼稚園の制服。次々に取り出して床に並べる。

制服のブラウスがあまりに小さくて胸が波打つ。

それから瓶《びん》を取り出した。

横置きにした透明な瓶の中にはジオラマがあった。

大輔の手作りだった。入院中の玲奈を喜ばせようと作ったうちの一つだ。玲奈が好きな絵本の主人公の家を再現している。

初めて作った瓶の中のジオラマを玲奈にプレゼントすると、それはそれは喜んだ。そんなに喜んで貰えたことが嬉《うれ》しくて、大輔は寝る間も惜しんで次々に作った。玲奈のためにしてあげられることがないのを、口惜《くや》しく思っていたので、ようやく役目を与えられたようで、制作に夢中になったのだ。

あの頃……玲奈の前で自分の不安な気持ちを隠すのに苦労した。それに比べて直子は立派だった。大輔と同じくらい不安だったろうに、そんな素振りは一切見せずに玲奈と接した。いつものように明るく、元気で、パワフルだった。

玲奈の病室に入る前に、直子は持参したウエットティッシュで、念入りに自分の手を消毒した。その姿はなにかの儀式のように厳粛だった。使い終わったウエットティッシュをバッグに仕舞うと、くっと口角を上げて笑顔を作った。それからお早うと大きな声を上げて、病室のドアを開けるのだった。そうやって玲奈の前では、なにも心配していない元気な母親を演じ続けた。見事だった。この人が玲奈の母親で良かったと、大輔は何度も思った。

病院での直子はそんな風だったが、自宅では本心を見せた。毎日ポロポロと涙を零していた。裕俊を寝かしつけながら、歯を磨きながら、食事をしながら。呼吸をするように泣いていた。あまりに泣き過ぎて、もう泣いていることに気が付いていないようにも見えた。大輔もそうだった。しょっちゅう泣いていた。

直子が泣いていて、大輔も涙が止まらない時には、どちらからともなく手を繋《つな》いだ。そうして哀しみに耐えた。当時、それが不安から逃れる唯一の方法だった。

瓶を目の高さまで持ち上げた。

絵本に描かれていた主人公の少女の部屋が、そこにはあった。犬を捜す旅に出ることを決意した少女が、鞄に荷物を詰め込んでいる場面だった。

目を輝かせて、このジオラマを見つめていた玲奈の顔が浮かぶ。

たちまち記憶の断片が一気に蘇《よみがえ》ってくる。

エスカレーターに乗る時の真剣な横顔。

マヨネーズが好きで、オレンジジュースにまで入れようとしたので、慌てて止めた時のきょとんとした顔。

玲奈はよく幼稚園で流行《はや》っている歌を教えてくれた。覚えの悪い大輔が間違うと、玲奈はやり直しを命じた。そんな時に見せるのはおませな顔だった。

胸にきゅうっと絞られるような痛みを感じて、大輔は拳で胸を叩いた。それから深呼吸をした。

玲奈が天国に行った後すぐに、直子が妊娠しているのが判明した。それから数ヵ月後のある日、直子が段ボール箱に玲奈の物を入れ始めた。直子が玲奈を忘れたくて仕舞おうとしているのではないことは、大輔には分かっていた。忘れられっこないのだから。二人の子どもの育児に注力するためには、視界に入らないところに仕舞うしかないと、直子は考えたのだろう。大輔は直子を手伝い、このクローゼットの奥に一緒に仕舞ったのだった。

どうするかな、これを。

大輔は独り呟いた。

8

思いっ切り伸びをしたら欠伸が出た。大輔は首を回して肩の凝りをほぐす。

直子のフラダンスの出番がすべて終わったため、会場の貸しホールから外に出たところだった。

出入り口前の広場には、案内板がニョキニョキと一定の間隔で立っていて、そこにはフラダンス発表会のポスターが貼られている。大師匠だという女が、一人で踊っている写真が使われているものだった。

腕時計に目を落とすと午後四時だった。

直子はいつものように、これから仲間らと打ち上げをして、帰宅は深夜になるだろう。わざわざ来たのだから、踊りは見たぞというのをＬＩＮＥで直子にアピールしてから、帰るとするか。

鞄からスマホを取り出した。

その時、直子から電話が入った。

スマホを耳に当てた。「はいはい」

「今どこ？」

「会場の前。出たところだ。出番は全部終わったんだろ？」

「怪我しちゃって。一人じゃ帰れないから楽屋に迎えに来てくれない？」

マジかよ。

大輔は電話を切ると楽屋口に向かった。

大部屋に入ると、直子が大勢のフラダンサーに囲まれて椅子に座っていた。

大輔が「どうした？」と声を掛けると、物凄い濃い化粧をした直子が顔を顰め「足を痛めちゃって」と答えた。

年々化粧が濃くなるな。客席から眺めている時には感じなかったが、付けまつ毛はもうなにかの生き物のようじゃないか。

大輔は尋ねた。「痛めたっていうのは両足か？」

「動かすと左足が痛いの」直子が説明する。「ゆっくり引き摺《ず》れば歩けるけど、電車に乗って家に戻るのはちょっと無理。腕を貸して貰えたら、タクシー乗り場までは行けると思う」

「だったらタクシー乗り場まで頑張って貰って、タクシーで近くの救急外来に行って診《み》て貰おう」と大輔が言うと、周りのフラダンサーたちが口々に賛成した。

大輔はスマホで近くの救急外来を探してから、直子のボストンバッグを肩に掛けた。

「お大事に」と言うフラダンサーたちに見送られて楽屋を後にした。

直子は両手で大輔の左腕を摑み、左足を引き摺ってゆっくり歩く。

タクシーに乗り大学病院に向かった。

待合室はかなり混雑していた。多くの病院が休診してしまう日曜日のせいだろう。五十平米ほどの待合室には、三人掛けの長椅子が二十脚ほど並んでいて、そこに四十人以上の人が座っていた。

受付を済ませた大輔と直子は、中ほどの椅子に並んで腰掛けた。

前に座っている男二人と女一人が打ち合わせを始めた。車の貰い事故に遭ったようで「きっちり請求してやる」とか「証拠が大事だ」といった言葉が聞こえてくる。

大輔は直子に言った。「こんなに大勢の患者がいるんじゃや、順番が来るまで相当待たされそうだな」

「そうね」

「痛くてたまらないという演技でもしたら、先に診て貰えるんじゃないか？」

「やってみようかしら」と答えた直子は、自分の胸を押さえて苦しそうな顔をした。

大輔は小さく笑った。「フラダンサーの顔でやると全然苦しそうに見えない」

「あっ。メイクを落とすの忘れてた。トイレで落としてこようかしら」

「トイレまで連れて行こうか？」

「どうしよう。んー。やっぱりやめとくわ。歩くの大変だから。化粧が濃い人は診察しませんと言われたら落とすわ」と言って笑った。

「その怪我、いつしたんだ？　最後の踊りが終わった後か？」

直子が首を左右に振った。「最後の出番の直前。ステージに向かっていた時に廊下で滑っちゃったの。凄く痛かったんだけど出番の直前だったから、止めるって訳にいかなくて」

「えっ。それじゃ、最後の踊りはその足の状態で踊ってたのか？」

「そう」

「全然気付かなかったぞ。足を引き摺ったりしてなかったろ」

「痛いのを我慢して踊ったのよ」

感心して言う。「直子は根性あるよな」

直子が格闘家のように拳と掌《てのひら》を合わせて「おす」と低い声を出した。

足は痛いらしいが普段の直子だった。片付けのことで喧嘩をしていない時は、こんな風にくだらない軽口を叩き合う。

一歳程度の赤ちゃんを抱えた母親らしき人が、斜め前方の椅子に座った。

その赤ちゃんの額には冷却シートが貼られていた。

大輔は尋ねる。「あれから裕俊と連絡は取ったか？」

「取ってないし、来てもいない。あなたは？」

「俺もだ。連絡を取ってもいないし、来てもいない」

「あの人、嫌い」

「桃花さんのことか？」大輔は尋ねた。

「そう。裕俊の上司だったんでしょ。あの人からちょっかいを出したに決まってるわ。裕俊は年上の策士女に絡め取られたのよ、きっと。気に入らないわ」

「その気持ちは分かるよ」

直子が満足そうに頷いた。

「だが俺たちが反対したって、裕俊は結婚したければ、するだろう」

直子が唇をへの字に曲げた。

大輔は話し始める。「亮治だってそのうち結婚したい人を連れてくるだろう。俺たちがその人のことを気に入らなくても、反対しても、親族は増えていくぞ。そう思ったらなんていうか……増えていく親族の中で、玲奈の存在をちゃんとしてやりたくなった。俺たちは玲奈のことを隠そうとしてきた。そうじゃなかったら耐えられなかったからな。だがこのまま隠し続けていくのは、玲奈が可哀想《かわいそう》に思えてきてさ。鶴元家の中で存在感を与えてやりたいっていうか。うちの小さな仏壇はリビングの棚の中に置いてるだろ。扉を閉じて隠すようにしてきたな。なぁ、あの棚の扉、開けないか？」

「………」

「それでさ、寝室のクローゼットの中にある玲奈の物を、リビングに移さないか？　桐の箱に入れて仏壇の近くに置くんだ」

「………」

「リビングのチェストの上に、家族の写真を何枚か飾っているだろ。あの中に玲奈の写真も加えたいと思うんだが、どうかな？」

直子は膝に置いた自分の手をじっと見つめる。

大輔も眺めた。皺《しわ》が刻まれ血管が浮き出た直子の手を。

しばらくして直子が小さな声を発した。「寂しい気持ちが強くなるんじゃない？」

「そうかもしれない。だが寂しさが増しても、いなかったように振る舞うのはもう終わりにしたい。玲奈がいたこと、俺たちの子どもとして生まれて精一杯生きたことを、もう隠したくない」

「………」

「直子は最高の母親だったな。玲奈が最期の日まで笑顔で過ごせたのは直子のお蔭だ。それまで通りの明るく、元気のいい母親が側にいたからだ。そうすることが、どれだけ辛いことだったか、俺は分かるよ。直子は偉かったな。これっぽっちも不安な気持ちを玲奈に見せなかった。入院していた時、玲奈に大きくなったらなにになりたいかと、聞いたことがある。おもちゃ屋さんか、ケーキ屋さんと答えると思っていたんだが、玲奈はママみたいになりたいと答えた。ママのことが大好きなんだと言った。ママのどういうところが好きなのかと聞いたら、全部と答えたよ。ママの好きなところを挙げて貰った。一緒に踊ってくれるところ、一緒に歌を歌ってくれるところ、優しいところ、美味《おい》しい物を作ってくれるところ、可愛《かわい》い服を買ってくれるところ、ぎゅっとしてくれるところ。そんな風に言ってたよ。それからママの笑い方も好きだと言った。ママが笑うと、玲奈も楽しくなるからだそうだ。それでママの笑い方というのを真似《まね》してくれた。大きく口を開けてハハッと声を上げげた。それが直子にそっくりでさ。親子だなぁと感心したんだ」

「…………」

「有り難う。玲奈の最高の母親でいてくれて」大輔は感謝の気持ちを言葉にした。

「なんでそんな……そんなこと突然言い出すのよ」

「裕俊と亮治の子育ても、直子は頑張ってくれた。二人ともちょっと頼りないところはあるが、見方によっては素直ないい子たちだ。玲奈を失って寂しくて哀しいのに、二人を立派に育ててくれた。直子は根性があるんだ。直子のいいところだよな」

直子が人差し指で涙を拭《ぬぐ》った。

「中村さんがさ、片付けは過去と未来を再編成する作業だって、言ってたんだよ。これまでの人生の棚卸しだとも言っててさ、言われた時はピンとこなかったんだが、色々考えているうちに、確かにそういうところがあるのかもしれないと、思うようになった」

直子はしばらくの間、前に座る三人組を見つめていたが、突然「バッグ」と言った。

大輔はボストンバッグを直子に渡した。

すると直子はボストンバッグに手を差し入れてごそごそとなにかを探し始めた。そしてポケットティッシュを取り出すと涙を拭った。それから大きな音を立てて洟《はな》をかんだ。

9

大輔は自分の個室のドアを開けて灯りを点けた。それから身を引き、中村を先に入室させる。

中村が二、三歩足を進めてから立ち止まった。

そうして部屋全体を見回す。「すっきりした状態をキープされていらっしゃいますね。素晴らしいです」

大輔は満更でもなかったのでニンマリした。「やっぱり片付いている部屋だと落ち着けますからね」

すべての部屋の片付けが終わったのは六月だった。

中村のところの丸ごとパックにはアフターサービスが含まれている。片付け作業が終了した一ヵ月後に不便なところなどをヒアリングして微調整するという。

その来訪日となった今日は、直子と二人で中村を迎えるつもりでいた。だが直子のパート先の同僚に不幸があったそうで、店長に出社を請われた彼女は急遽職場に向かったため、家には大輔一人だった。

中村が「ご不便なところはございませんか？」と尋ねた。

「大丈夫です」と大輔が答えると、中村は「それは宜しゅうございました」と言った。

大輔は廊下に出てから、直子の個室のドアノブに手を掛けた。「いいですか。開けますよ。覚悟してくださいね」

大輔はドアを開けた。

中村がまず顔だけを中に入れた。それから足を一歩踏み入れた。そして周囲を見回す。

夫婦の寝室として使っていた頃より散らかっていた。

リビングにあった直子の健康グッズなどのうち、残したいという物は亮治が使っていた部屋に収納した。担当を置かず、二人で整理と管理をすることにしたリビングでは、他の部屋からここに持ち込んだ物は、使い終わったら元に戻すのがルールとなったが、直子はそれを守らない。リビングに出しっ放しにした。そこで大輔は見つける度に、それらを敢《あ》えて直子の部屋に運んだ。

その結果、直子の部屋に健康グッズが溢れ、足の踏み場もない状態になった。

ルールを破っているのを悪いとは思っているようで、大輔がせっせと直子の部屋に運ぶのを、彼女から非難されたことはない。ただ鋭い目で見つめられるだけだった。

大輔は言う。「ここは一ヵ月でこんな状態になりました」

「奥様はなんて仰《おつしや》っていますか？」

「私は平気。中村さんにそう伝えてくれと頼まれました」

「奥様がそう仰っているなら、これで宜しいのでしょう」とコメントした。

受け流すのか。がっかりした顔の一つでもするのではと、思っていたのだが。まぁ、せっかく片付けたのに客に台無しにされても、咎《とが》めだてることは出来ないか。

それから大輔は中村を洗面所に案内した。

中村はぐるっと見回してから言った。「整ってますね。お見事でございます」

「俺の担当場所はバッチリです。在庫を適量にして使ったら元の場所に戻す。これを続ければこの状態を維持出来ると分かりました」

「使いにくい場所などはございませんか？」

「大丈夫です」と大輔は答えた。

廊下を進みリビングに中村を誘《いざな》った。

中村がリビングを見回す。

床に積み上がっていた雑多な物を処分したので、フローリングが見えている。またソファに置かれていた物もなくなり、好きな所に座れるようになった。ローテーブルにはテレビのリモコンだけが載っている。

壁際にある棚の左の扉が開け放たれていて仏壇が見えた。チェストの上に並ぶ写真立てが以前より増えている。三歳の玲奈が七五三の晴れ着でジャンプしている写真と、六歳の玲奈が口をすぼめて、バースデーケーキの火を吹き消そうとしている写真が、新たに加わったのだ。

中村が言う。「こちらもお見事でございます。リビングを片付いた状態で維持するのは、他の部屋よりも大変なはずですが、旦那様も奥様も頑張っていらっしゃいますね」

それから大輔は中村にキッチンを見せた。

そして大輔は告げた。「奇跡という言葉を、簡単に使いたくないと思っている方なんですが、このキッチンに関しては、奇跡というしかありません。維持出来ているんですよ」

中村は「失礼します」と断ってから棚の扉をどんどん開けていく。

すべての棚をチェックし終えると、感心したような声を出した。「素晴らしいです。奥様、とっても頑張っていらっしゃいますね。使い勝手が悪いところについて、なにかお聞きになっていらっしゃいますか？」

「収納場所がはっきりしたせいで、無駄な動きをしなくて済んでいるそうで、以前より使い易《やす》くなって困っているところはないと言っておいて欲しいと、言付《ことづ》かっています」

「それは宜しゅうございました」と言って微笑んだ。「担当についてはいかがでしょう。変更しないでこのままで大丈夫そうでしょうか？」

「妻はなにも言ってませんでしたから、文句はないのでしょう。俺も今の担当で構いません。家庭内別居を始めて……中村さんから提案された時には結構びっくりしましたが、実際やってみたら、良かったです。それぞれが個室を手に入れたというのが大正解でしたね。妻の部屋が散らかっていても、俺は全然構わないので腹も立たないですし。俺は自分の部屋で快適に過ごせますしね。妻も俺にガミガミ言われなくて済むので、満足しているんじゃないかな。喧嘩しなくなったんですよ、俺たち。それに俺たち……少し強くなった気がします」

大輔はリビングのチェストの上にある写真に目を向けた。

しばらくの間眺めてから口を開く。「中村さんにお願いして良かったです。有り難うございました」

「ご満足頂けたのでしたら、わたくしも嬉しゅうございます。こちらこそ有り難うございました」

そう言って中村は深く頭を下げた。

第三話

服が溢《あふ》れるクローゼット

1

「こんな状態をお見せするのは恥ずかしいんですが」と長尾康代《ながおやすよ》は言った。

クローゼットの前に立つ中村真穂が「腕が鳴ります」と口にした。

康代の寝室は八畳で、その壁一面に作り付けのクローゼットがあった。幅三メートルほどの大きなクローゼットではあったが、服が収まり切らず扉を閉めることは出来ない。その前には、キャスター付きのハンガーラックを置いている。積載量を超えているからなのか左に傾《かし》いでいて、一人では動かせなかった。三十個ほどのバッグはベッドの足元に並べてある。部屋の角にある姿見には、何枚ものスカーフが上から掛けてあり、足元にはアクセサリーの入ったケースが置かれているため、随分前から全身を見ることは出来なくなっている。

真穂が言った。「ファッションがお好きなんですね」

首を傾げる。「好きなんですかね。なんだか買ってしまうんです」

勤務先の信用金庫では制服を着用するので、私服が必要な場は片道三十分の通勤時と、休日だけなのだが。こんなに服があっても奥の物は取り出しにくいため、手前の物ばかり着ている。

あるサイトで、康代と同じ四十代のインフルエンサーの自宅が紹介されていた。プチプラ服を使って提案するコーディネートが好きで、彼女のＳＮＳは定期的にチェックしていた。康代の何倍もの服をもっているはずの、そのインフルエンサーのクローゼットは、すっきりと整理整頓されていた。

康代もそんなクローゼットにしたくて、片付けようとしたのだが、どこから手を付ければいいか分からなかった。結局ネットで評判の良かった整理収納アドバイザーに、依頼することにしたのだった。

真穂がスマホでクローゼットの写真を撮り始めた。

その様子を康代はぼんやり眺める。

あのインフルエンサーのクローゼットのように、すっきりと服が収まり、扉を閉めることが出来るようになるといいのだけど……きっと大丈夫よね。真穂はプロなんだし。ネットの口コミでは皆が褒《ほ》めていたのだから。

真穂がメジャーで、クローゼットやラックのサイズを測ってから尋ねた。「お差し支えなければで結構なのですが、他のお部屋も拝見させて頂けますでしょうか？」

康代は廊下を挟んで向かいにある、夫、大我《たいが》の寝室のドアを開けて真穂に見せた。それから娘の沙希《さき》の部屋、ランドリールーム、トイレ、浴室、リビング、ダイニング、キッチンを見せて歩いた。

すべてを見終えた真穂は言った。「きちんとされていらっしゃいますね」

「そうですか？　まぁ、そうかもしれませんね。私の寝室だけが問題なんです。私がちゃんとしていないから」と沈んだ声で答える。

真穂は「量が多くて、ということだと思いますよ」と慰めてくれた。

一週間以内に片付けの案と見積もりを提出すると告げて、真穂は帰って行った。

リビングの置時計に目を向けると三時だった。

コーヒーでも淹《い》れようとキッチンに足を向けた時、あっと思う。

真穂にお茶の一杯も出さなかった——。気の利《き》かない女だと思われたんじゃない？　いっつも私はそう。気が回らない。だから私はマイナス評価を受ける。そしてそれを気にして凄《すご》く凹《へこ》む。ぐずぐずといつまでも。これは関係性が深い人に限らなかった。店員や、宅配ドライバーなどといった、関係性が浅いままで終わる人たちからの評価までをも、気にしてしまうところが康代にはあった。

ブルーな気分でコーヒーメーカーのスイッチを押した。

食器棚の扉を開ける。三つ並んでいるマグカップの中から、自分用の白い無地の物を取り出した。

大我のマグカップは、参加している草野球チームの創設十周年記念に作られたもので、チーム名が大きく印刷されている。

土曜の今日も大我は朝からチームの練習に行っていた。

沙希のマグカップは、一緒に韓国のアイドルグループのコンサートに行った時に、康代が買ってあげたもので、グループ名が記されている。

沙希が塾から戻るまであと三時間。

もうカレーの仕込みを始めた方がいいかしら。

ついこの間までなにを食べさせても「美味《おい》しい？」と聞けば「美味しい」と答える子だったのに、最近は「イマイチ」などと言って残すことがあった。そうしてスナック菓子を食べたりする。

それがどれだけ母親を傷付けるか、分かっているのかしら。

沙希は中学生になってから急に大人びた。

沙希が保育園に通っていた頃、康代は寝る前に絵本の読み聞かせをした。一番のお気に入りは『ぐりとぐら』だったが、次に好きだったのが、康代と大我が出会った時の話だった。何度も沙希から乞われるので、その度に康代は話して聞かせた。

出会いの話はこうだ。

一人暮らしをしていた康代が、出勤するためマンションのドアを開けた。同じタイミングで隣人が部屋から出てきた。それが大我だった。康代は「お早うございます」と言い、大我も挨拶《あいさつ》を返した。駅までの道順は一つしかない。駅に向かう間、少しだけお喋《しゃべ》りをした。

翌日、康代はドアに耳を付けて隣の部屋の様子を探った。また駅まで一緒に行きたいと思い、隣のドアが開くのを待った。

一方の大我も同じようにドアに耳を付けて、康代の様子を窺《うかが》っていた。

二人は同じことを考え、同じ行動を取ったのだ。

二十分間、二人は玄関ドアに耳を付けていた。

遅刻したくなければ、もう家を出なければいけない時間になった。

康代はがっかりした。

そして今日大我は、もっとずっと早くに家を出たのだろうと考えた。

康代が玄関ドアを開けると、隣室のドアが開いた。

康代は大我に目を向けた。

その顔を見た瞬間、大我も自分と同じように玄関ドアに耳を付けて、待機していたことを悟った。

康代と大我は笑い合った。そして二人で駅まで走った——。

幼い頃の沙希はこの話が好きだったはずなのに、忘れてしまったのか中学生になってから、康代たちの馴《な》れ初《そ》めを聞いてきた。だからあらためてこの話をしたのだが鼻で笑われてしまった。

嘘《うそ》と見抜かれたのだろうか。ダサいと思われたのか。

本当は失恋した康代が泥酔し、なんとかマンションまで帰り着いたものの、自宅の前の共用廊下で眠ってしまった。それを帰宅した隣人の大我が見つけた。康代に声を掛けたのだが、へべれけ過ぎて会話が成立しなかった。だからといって、そのまま共用廊下に放置することも出来ず、康代が握っていた鍵でドアを開けて、中に運んでくれたのだった。

翌日激しい二日酔いに襲われながら起きると、テーブルにメモがあった。康代を部屋に運んだこと、鍵は玄関ドアに付いている新聞受けに入れておくことが、書かれてあった。最後に二〇四号室の長尾大我と、部屋番号と名前が記されていた。

隣室の、しかも男性に醜態《しゅうたい》を晒《さら》した上に、部屋の中を見られたのが恥ずかしくて、引っ越そうかと痛む頭で考え始めた。やがていい人だったから良かったようなものの、危険な目に遭っていたかもしれないという点に気が付いた。それでコンビニに行き、インスタントコーヒーの粉を買った。そして隣室のインターホンを押した。康代はお礼の言葉を述べて、インスタントコーヒーを差し出した。

これが本当の馴れ初めだった。こんな恥ずかしい出会いは嫌だったので自分で作った。それで押し通すように大我に頼み、了承されたので、康代が創作した馴れ初めが、長尾家の公式エピソードとなったのだ。

康代はコーヒーメーカーのスイッチをオフにし、サーバーの持ち手を握る。マグカップに淹れたてのコーヒーを注《つ》ぎ、口に近付けた。そしてコーヒーにフーフーと息を吹きかけた。

2

康代は目覚まし時計を止めた。

もう朝か。全然疲れが取れていない。

ため息を吐《つ》いてからがばっと身体《からだ》を起こした。

平日は午前六時に康代の一日が始まる。トイレを済ませ歯を磨いて顔を洗った。

リビングのドアを開けると、身体が涼しい空気に包まれた。

九月に入っても暑い日が続いていて、室内の温度は夜になっても下がらない。だから朝もすでに暑い。だが昨夜のうちに、エアコンをタイマー予約しておいたお蔭《かげ》で、リビングは快適な温度になっていた。

テレビを点《つ》けてカーテンを開ける。それからキッチンに移動した。

冷蔵庫から保存容器を取り出す。

中にはタレに漬け込んだ牛肉の細切れと、くし切りの玉ねぎが入っていた。

朝は時間がないため、下準備は前夜に済ませておくようにしている。

三人分の弁当作りは大変なので、冷凍食品だけで構成したいところなのだが、それだとコストが高くなってしまうので、メインのおかずは手作りしている。冷凍食品は隙間《すきま》を埋める時に使う程度にしていた。

フライパンに油を引く。菜箸《さいばし》で肉を押さえて保存容器を傾ける。そうして玉ねぎだけをフライパンに落とし、炒《いた》め始めた。

少しして玉ねぎが透明になったので、牛肉を投入して炒め続ける。

完成すると三つのアルミカップに分けてよそった。タイマー予約で炊いてあった白飯を三つの弁当箱に詰めて、梅干しを載せた。炒め物を入れたカップはおかずのエリアに詰める。

茹《ゆ》でて冷凍しておいたブロッコリーをレンジで解凍し、カップに入れて炒め物の隣に配置する。その隣にプチトマトを並べたら嫌な空間が出来た。

何年も弁当作りをしているのに、弁当箱の容量と食材のサイズ感を合わせられなくて、入ると思った物が入らなかったり、丁度と思ったのに空きが生まれたりする。

しょうがないので、冷凍室からミニオムレツの冷凍食品を取り出して、空きスペースに収めた。

テレビに目を向けた。

昨日のスポーツの試合結果を報じている。

よしっ。今日はいい感じ。いつもより少し早く弁当作りが終わった。

すぐに朝食作りに取り掛かる。

キウイの皮を剝《む》き、小さくカットしてヨーグルトに載せた。目玉焼きを作っている間に、コーヒーの用意をして、パンをトースターに入れた。

朝食をダイニングテーブルに並べていると、大我が起きて来た。

「お早う」と言って席に着くとすぐにスマホを弄《いじ》り出す。

白いワイシャツ姿でネクタイはしていない。

大我が勤める会社では、今月いっぱいはノーネクタイが許されていた。

大我がトーストにバターを塗り始める。

康代も席に着きコーヒーに口を付ける。それからトーストにバターをざっと塗り、ブルーベリージャムを載せた。

何口か食べ進めたところでようやく沙希が姿を現した。

小さな声で「お早う」と言い席に着く。

沙希も今月いっぱい着用出来る夏服姿だった。白い半袖のブラウスの襟元には赤いリボンを結んでいる。

この制服は、都内の公立中学校でいつも人気ランキングの上位に入ると、学校説明会で校長が自慢していた物だった。

沙希がスマホを弄りながら、ヨーグルトをスプーンで掬《すく》って口に運ぶ。

康代は尋ねた。「今日は部活よね？」

沙希はスマホに夢中でなにも答えない。

「今日は短歌部の部活がある日よね？　沙希、聞いてる？」と重ねて聞いた。

「ん？　うん」

「部活が終わったら、どこにも寄らずに真っ直ぐ帰って来るのよ」

「ん？　うん」

まったく。スマホに夢中で私の話なんて聞いちゃいないんだから。

小学生の頃の沙希は、身体を動かすのが好きなようだったので、中学では運動部に入るのだろうと予想していたが、意外にも短歌部に入った。俳句部とは仲が悪いらしい。

最近ではスマホを使い過ぎだと注意すると、短歌を作っているのだと言い訳する。スマホに文字入力して短歌を作り、部員だけが参加出来る掲示板に、作品を発表しているのだと言う。ＬＩ

ＮＥで感想を言い合ったりするので、スマホは創作活動に必要なのだとまで主張した。

康代はテレビ画面の隅に映る時刻を確認してから、立ち上がった。

冷凍室から弁当箱の蓋《ふた》を取り出す。

三人とも蓋の中に、保冷剤が入っている弁当箱を使っていた。ひと晩冷凍室に入れて凍らせた蓋を弁当箱に被《かぶ》せれば、昼まで冷やし続けてくれる。

蓋を弁当箱に被せると、その上に箸箱を載せた。ピンク色の風呂敷で包む。

それを沙希の前に置いた。

はっとしたように顔を上げた沙希は、弁当箱をスクールバッグに入れて立ち上がった。そして「行ってきます」と言うと玄関に向かった。

その背中に康代と大我が「行ってらっしゃい」と声を掛ける。

康代は食事を続け、食べ終わると皿の上で手をはたきパンくずを落とした。

それから大我のマグカップ以外のすべての食器を、キッチンに運ぶ。

康代が食器を洗っていると、大我が自分が使っていたマグカップを、キッチンカウンターに置いた。

康代は水を止めて手をタオルで拭《ふ》き、冷凍室から黒い弁当箱の蓋を取り出した。

それをカウンターに置くと、大我が自分用の弁当箱に被せる。

そして箸箱を載せて風呂敷の両端を摘《つ》まむ。それから丁寧に結んだ。

大我はいつもそう。朝の時間がない時でも丁寧にトーストにバターを塗り、丁寧にジャムを塗り、丁寧に風呂敷を包み、丁寧に靴紐《くつひも》を結ぶ。

大我は全然悪くないのだけど、時々その丁寧さにイラっとする。

大我が「行ってきます」と言ったので、康代は洗い物をしながら「行ってらっしゃい」と声を掛けた。

洗い物を終えると自分の寝室に移動した。

クローゼットの前に立ち、どうしようと呟《つぶや》く。今日も暑くなると天気予報で言っていたから、半袖のカットソーでいいかな。

傾いているハンガーラックからグレーのカットソーと、黒のプリーツスカートを取り出した。

着替えを終えると化粧をした。

家を出たのは八時だった。

マンションの前の通りを左に進む。左にダイビングショップが見えてきた。

その角を右に曲がれば海に、左に曲がれば駅に着く。

康代は左に曲がった。

海水浴客へのイメージ戦略なのか、ヤシの木が一定の間隔で植わっていた。

すでに強い陽が射していて額に汗が浮き出てくる。自然と険しい顔になり眉間《みけん》に皺《しわ》が寄る。

いったいいつになったら、夏が終わってくれるのかしら。年々夏が長くなっているように思えてしょうがない。

暑さに弱いのは北国出身だからというのもあるかも。実家がある地域は夏でもそれほど気温は上がらないので、自宅に冷房がない家も多かった。暑さへの耐性が低いのかもしれない。

今年のお盆は帰省しなかった。

例年通り行くつもりでいたが、沙希から「行かなきゃダメ？」と聞かれてしまった。「いとこたちに会いたくないの？」と尋ねると、「話、合わないいんだよね」と沙希は答えた。小学生の頃はじゃれ合うようにして遊んでいたのに。

康代には姉と妹がいて、お盆にはこの三家族が実家に集合する。両親は小さな映画館をやっていて、書き入れ時には休めないので、初回の上映が始まる前に墓参りをして、最終の上映が終わってから、全員揃《そろ》って外食するのが常だった。その間には子どもたちを遊園地に連れて行ったり、川原でバーベキューをしたりした。どんな時でも、子どもたちは仲良く遊んでいるように見えていたのだけど。

康代はなにかあったのかと質問したが、沙希は「なにもないけど、行っても退屈だから行きたくない」と答えた。

それで康代は母親に、今年は帰らないと電話をした。母親は少し寂しそうな声で「わかった」と言った。

冷たい娘だと思われたのではないか。その日からひと月以上経《た》っているが、未だに気にしている。

十分ほどで駅に着いた。

汗でカットソーが背中に張り付いていて、気持ち悪い。

電車に乗り込むと冷房の冷気に一気に包まれた。

吊《つ》り革に摑《つか》まり、思わずふうっと息を吐いた。

すでに体力の半分ぐらいを、使ってしまったような気がする。今日も午前六時からフル回転で働いたが、大我と沙希からお礼の言葉を言われていない。弁当を渡しても受け取るだけ。朝食を用意しても食べるだけ。有り難うと言って欲しいと思うのはいけないこと？　不満が一気に胸に溢《あふ》れる。

バッグからスマホを取り出した。よく見ている通販サイトにアクセスする。

あなたにお勧めだという商品の画像が並んでいた。

綺麗《きれい》な水色のスカーフに目が留まった。画像にタップして商品の説明を読み始める。

シルク百パーセントだというスカーフは、四十五センチ四方の小ぶりの物だった。白いオープンカラーのブラウスの首元に、そのスカーフを結んでいるモデルの写真が掲載されている。

欲しい。いや、でも……片付けようとしているのに物を増やすのは……。いやいや、スカーフはセーフよ。畳めば場所を取らないんだし。いいわよね、これぐらい。私は今日も頑張ってるんだし。

康代はそのスカーフをカートに入れた。

とんでもなくドレッシングが美味しい。

康代は感動して皿のサラダを見つめた。

前にこの店でサラダを食べた時にも驚いたのだが、今日もやっぱり美味しかった。

今夜もここのドレッシングを買って帰ろうと、頭の中にメモをした。

この居酒屋は、康代が大学時代にバイトをしていたすき焼き店から、十メートルほどのところにある。

3

大学生の時に四年間働いたすき焼き店は五階建てで、全フロアあわせて三百席ある大型店舗だった。当時バイトは三十名ぐらいいた。大学生が多く、サークル活動をしているような雰囲気の職場だった。面倒な幹事役を厭《いと》わない人がいたお蔭で、バイトを辞めて二十年以上経つのに、定期的に飲み会が開かれる。今日もその会が、ドレッシングの美味しい居酒屋で開催された。

貸し切りの居酒屋には二十名ほどがいる。普段は別々に使っているであろうテーブルを、中央に寄せ集めて大きなテーブルとし、それを囲むように座っていた。

康代は手を伸ばして、大皿に盛られたハムステーキを自分の小皿に移す。

二センチはあろうかという分厚いハムには、パイナップルの輪切りが載せられ、粒マスタードのソースが掛かっている。

ナイフでカットして、ハムとパイナップルを一緒に口に運んだ。

食いしん坊が多いのか料理がテーブルに置かれると、あっちこっちから手が伸びて、あっという間に空《から》になる。料理の皿が出て来たらお喋りは中断して、とにかく自分の小皿に移しておくのが、この会での鉄則だった。

左隣の原田梓《はらだあずさ》もせっせと料理を小皿に載せている。

康代はビールのグラスに口を付けて、参加者たちの顔を見ていく。

……いない。ちょっとがっかり。

今回も初恋の人はいなかった。

藤城遼《ふじしろりょう》は忙しいのかも。商社でバリバリ働いていると聞いたことがある。妻のひろみから。

そのひろみは花柄のワンピース姿で、康代の斜向《はす》かいに座っている。

大きなダイヤの指輪を嵌《は》めた指を、これ見よがしに動かして隣の人と話をしている。

遼は爽やかな笑顔の持ち主で、康代より三ヵ月前にすき焼き店で働き出したのに、すでにフロアリーダーをしていた。一浪した遼は、康代より一つ年上だった。

「康代ちゃんの真面目なところ、凄くいいよね。フロアに康代ちゃんがいる日は安心して任せられるよ」と、遼から褒められたことがあった。

子どもの頃から真面目だとよく言われてきたが、そこにはいつも否定的なニュアンスが含まれていた。白ける、いい子ぶって、といった反感が透けて見えた。だから真面目だと言われる度に康代は凹んだ。だが遼は康代の真面目さを褒めてくれた。胸がじーんとした。

その日を境に遼は特別な人になった。そして男性として意識するようにもなった。休憩時間が一緒になると心が弾んだ。だがドキドキし過ぎて、心臓の音が遼に聞こえやしないかと、ヒヤヒヤしているだけだった。遼から話し掛けられると、内心では飛び上がらんばかりに嬉《うれ》しかったが、緊張しているせいで、会話を長く続けられないことが多かった。

休憩室で遼はいつも缶コーヒーを飲んでいた。そして缶コーヒーを飲み干すと「煙草《たばこ》いい？」と毎回康代に尋ねた。康代が「はい」と答えると、遼は休憩室の窓を細く開けて、店の制服のポケットから煙草を取り出した。一本抜き取り口に銜《くわ》えると、青い使い捨てライターで火を点けた。煙が沁《し》みるのか目を細めて吸った。煙草を挟むためにVの字にした人差し指と中指の爪が、大きくてしっかりしていた。灰が長くなると缶コーヒーの飲み口の穴に落とす。そうやっている時の遼は、一つしか年が違わないのにとても大人に見えた。そしてその一連の仕草が好きだった。ただ見ているだけで満足していた。

半年ほど経ったある日、遼は缶コーヒーを飲み終えると、それをゴミ箱に捨てた。

康代は「今日は煙草は吸わないんですか？」と尋ねた。すると「煙草を吸い続けるなら別れるって、ひろみから言われちゃってさ」と答えた。

ひろみは、そのひと月ほど前からすき焼き店で働き始めた新人だった。

ショックだった。必死で気持ちが顔に出ないようにした。そして「そうなんですか」という台詞《せりふ》をなんとか口にした。

私の方が先に好きになったのに。よりによってひろみを選ぶなんて。

ひろみとは何度か、スタッフ用のトイレで一緒になったことがあった。ひろみは手を洗うと濡《ぬ》れたその手で自分の髪を触り、乱れを直すフリをした。そうして自分の髪で手を拭いた。男の前ではレースのハンカチを膝《ひざ》に載せている癖に。そんな女を選ぶ遼のセンスにがっかりした。だが嫌いにはなれなかった。

仮に今夜、この会に遼が参加していて、ひろみがいなくても、康代と彼の間にはなにも起こらない。それは十二分に分かっているけど見てみたかった。今の遼を。初恋の人だから。

梓がトイレに立ち、康代はビールのグラスに手を伸ばした。

その時、ひろみと目が合った。

ひろみが言う。「康代ちゃんは銀行で働いているんだったよね？」

「信用金庫」

毎回同じように間違うよね。性格が悪いから？

ひろみが笑みを浮かべて「そっか」と言ってから「忙しい？」と聞いた。

「そうだね」

私に興味なんてない癖に、どうして質問してくるんだろう。

男性店員が二つの大皿を康代の前に置いた。

麻婆《マーボー》豆腐と春巻だった。

康代はすぐに春巻を一つ自分の小皿に移した。

右隣に座る神永《かみなが》淳子《じゅんこ》が康代に顔を寄せる。

バイトをしていた時は淳之介《じゅんのすけ》という名だったが、五年ぐらい前に「これからは淳子なんで、宜しく」と言った。それ以降、彼を淳子と呼んでいる。

淳子が小声で言った。「遼がニューヨークに栄転するんだって。ひろみもニューヨーク暮らしになるでしょ。それを自慢したくてしょうがないみたいよ。だからこっちからなにか聞いちゃダメよ。自慢話を延々と聞かされちゃうから」

「分かった。教えてくれて有り難う」

「どう致しまして」と言って淳子はウインクをした。

飲み会は九時に終わった。

康代は二次会には行かず、購入したドレッシングを手に駅に向かう。

ホームへの階段を上っている途中で、発車ベルが聞こえてきた。

駆け上がり電車に滑り込む。

ふうっ。

ほんの三、四メートル階段を駆け上がっただけで、息が上がっている。

ドアの脇に立ちスマホをバッグから取り出した。ファッションサイトにアクセスし、「花柄のワンピース」と検索窓に入力する。そしてひろみが着ていた服と似ている物を夢中で探す。

私ももっていたい。そうしなきゃ、ひろみと同じになれない。向こうはお金があってニューヨーク暮らしだから、私と違うことばっかりだけど服なら同じ物をもてる。だから。

康代は花柄のワンピースを探し続けた。

4

「捨てる？」康代は聞き返した。

「はい」真穂が頷《うなず》いた。「何年も着ていない服はございませんか？」

「そういうのはありますけど……これから着るかもしれないから」

「クローゼットの中に吊り下げ式の収納グッズや、ケースを導入すれば、今より服を探し易《やす》くはなりますが、何分《なにぶん》服の量が多いので、今ある服すべてを中に収めるのは難しいです」

難しいって、なによそれ。簡単にギブアップしないでよ。

二人は康代の寝室に座っていた。

見積もりと提案書はメールで送るという話だったのだが、直接会って説明したいと言われたため、再度真穂に来訪して貰《もら》ったのだ。

大我は野球に、沙希は塾に行っているので、マンションには康代と真穂の二人だけだった。

康代は言う。「でも、そういうのをなんとかするのが、プロなんじゃありません？」

「プロとは申しましても、物理的に不可能なことを可能にすることは出来かねます。この機会に服の全体量を減らすことに、チャレンジしてみるのはいかがでしょうか？　試しにここにあるセーターの仕分けをしてみませんか？」

康代がなにも言わないでいると、真穂がバッグから大きな風呂敷を取り出して、フローリングの床に広げた。そこに〈残す物〉〈処分する物〉と書かれたカードを少し離して置いた。そしてクローゼットの横に積み上げてあったセーターを、自分の膝に載せる。一番上のセーターを康代に差し出した。

受け取った康代はそれを〈残す物〉と書かれたカードの手前に置いた。次に真穂から渡されたセーターを、先ほどのセーターの上に重ねる。その次のセーターもその上に重ねた。

十枚のセーターはすべて〈残す物〉に分類された。

真穂が言う。「セーターそれぞれに、ストーリーや思い出があるからだとは存じますが、四枚の丸襟の黒いセーターを、一枚に絞るのは難しゅうございますか？」

「…………」

「康代様は整理と収納を、本当にしたいと思っていらっしゃいますか？」

「えっ？」

「整理整頓が苦手なお客様はいらっしゃいます。苦手ではないけれども、時間がないと言うお客様もいらっしゃいます。そういうお客様のお宅は、すべてのお部屋が混沌《こんとん》としている状態です。でもこちらは違います。他のお部屋は完璧に片付けておられます。康代様のお部屋だけが、このようになっておいでです。他のお部屋の片付けも康代様がやっていらっしゃるのに、です。フルタイムで働きながらも、他のお部屋はきちんと片付けをされていて、奥様としてもお母様としても頑張っていらっしゃる。これは凄いことでございます。大変でも出来る。やる。それが康代様です。そうわたくしはお見受け致しました。それではどうしてこのお部屋だけが、こうなっているのでしょうか。わたくしにはここに、康代様のお気持ちが表れていると思えてなりません」

気に入らないわ。なんだって、そんなことを言われなくちゃいけないの？　私は客よ。どうして客の私が、追い詰められているような感じになってるのよ。ただの整理収納アドバイザーなんだから、黙って片付けてくれればいいだけなのに。でも……当たってるかも、なんて心のどこかで思ってしまう。

真穂が続ける。「服を捨てるお気持ちになれないのは、その服への愛着とは違ってはいませんでしょうか。服を捨てれば、買ったというご自分の過去の行為を、否定することになるような感覚が、おありなのではないでしょうか？」

「………」

「ご自分を否定したくないお気持ちが強いのは、他の人から否定されていると、感じていらっしゃるせいではないかと推察致しました」

康代は真穂から目を逸《そ》らして、小さな窓の向こうの空を見つめる。

少しの間、康代はその濁《にご》ったような空を眺めた。

それからサイドの髪を留めていたヘアクリップを外した。手ぐしで髪の乱れを直す。

そしてクリップを膝の上で弄りながら喋り出した。「私は大切にされていないんです。真面目にやってるんですけどね。やって貰って当然と思ってる人たちばっかりで。娘からも夫からも、有り難うなんて言って貰ったことがないんですから。毎日お弁当を作って、朝食と夕食も作って、洗濯して、掃除をして、仕事をして頑張ってるんですけどね」一つ息を吐く。「娘がニキビを気にしてるんですよ。ニキビにいいという洗顔料の商品名を、ＬＩＮＥしてくるんです。買っといてって。私はなに？　あなたの使い走りじゃないっていうのに。昨日は犬を飼いたいと娘が言い出したんです。冗談じゃないですよね。どうせ可愛《かわい》がるのは最初だけで、散歩だったり餌《えさ》だったり、フンの後始末だったり、そういうやっかいなのは、結局私がやることになるというのが、目に見えているじゃないですか。これ以上面倒見る人――人じゃなくて犬でも、増やさないで欲しいんです。夫はママがいいと言ったらいいよ、なんてＬＩＮＥに書いてくるんです。信じられます？　私がダメだと言ったら、娘の不満は私に向くに決まってるのに。わざとそう仕向けてるんです。自分は悪くないって位置にいたいから。ママは今だって大変なんだから無理だよと、娘を説得するべきでしょ？」

真穂が真剣な表情で何度も頷く。

なんでこんなことを整理収納アドバイザーに喋ってるんだろう、私。でもこんなに一生懸命私の話を聞いてくれる人は、いなかったから……。

康代は訴える。「私、仕事も頑張ってるんですよ。ニューヨークとかじゃなく、日本の小さな町でですけど、真面目に働いているんです。信用金庫で営業をしているんですけど成績はいいんです。たまに二番とか三番になることはありますけど、大抵一番なんです。それなのに全然昇進しないんです。いい成績なのに大切にされてなくて、新入社員の指導とか、面倒な仕事を押し付けられたりするんです」

康代の目から涙が零《こぼ》れた。すぐに指で拭《ぬぐ》う。

康代は言う。「私は一生懸命家族のため、信用金庫のために働いているのに、全然感謝されなくて。夫は野球やって、娘は短歌詠んで、楽しそうにしているんです。私には趣味なんかないですよ。そんな時間ある訳ないじゃないですか。私だけ二つも三つも四つも仕事しているんですから。服を買うのは時間が掛からないし、だから……」

口惜《くや》しくてまた涙が零れる。

真穂がハンカチを康代に差し出した。

それはきちんとアイロンの掛かった白いハンカチだった。

康代は首を左右に振って「汚しちゃうから」と言うと、膝立ちでヘッドボードまで移動した。

そしてティッシュの箱に手を伸ばす。膝に載せて何枚か引き抜くと顔に当てた。

真穂が質問する。「康代様。職場の有給休暇はどれくらい残ってますか？」

驚いて振り返った。「えっ？」

「康代様がどれだけ掛け替えのない人かというのを、皆様に思い知らせてやりませんか？」

「…………」

真穂がにやりとした。「ずる休みするのです。ご家族にも職場にも体調不良と言って、家事も仕事も放棄するのです。皆様はすっかりお困りになるでしょう。いい気味でございます。有給休暇は残っていらっしゃいますよね？」

「それは……ええ」

「康代様に頼り切って、それを当たり前だと思っている人たちにひと泡吹かせてやりませんか？」

この人はなにを言ってるの？　丁寧な言葉遣いだけど言っていることは無茶苦茶《むちゃくちゃ》だわ。

瞳をキラキラさせている真穂を康代は見つめた。

5

ガチャ。

大我の寝室のドアが開く音がした。

康代は思わず息を止める。

廊下を歩く音。だがそれはすぐにぴたっと止まった。

リビングの灯《あか》りが点いていないと気付いたんだわ。

康代はベッドの中で身体を固くする。

落ち着きなさい。大丈夫。私は上手くやれる。真穂からきちんと指導を受けたのだから。

リビングのドアを開ける音が聞こえてくる。

心臓がバクバクいってる――。

康代がダイニングテーブルに置いたメモを、今、大我は見ているはず。

「体調が悪いので、今日は仕事を休んで寝ていることにしました」と書いた。真穂から指示された通りの文面だった。真穂から言われたのだ。「悪いんだけど、申し訳ないんだけど、などと言ってしまえば、康代様が悪いということになってしまいます。違います。康代様はなにも悪くないのですから、謝罪の言葉は絶対に言っても書いてもいけません」と。

廊下を戻って来る足音がした。その足音は康代の寝室の前で止まった。

遠慮がちのノックの音。コンコン。

康代が返事をしないでいると「入るよ」と声がして大我がドアを開けた。

大我が「どうした？」と聞いた。

康代は壁に向いていた身体を、寝返りをしてドアに向けた。「体調が悪い」

ベッドの横まで進み康代を覗《のぞ》き込む。「救急車呼ぶか？」

「そこまでじゃない。多分今日一日寝たらましになると思うから、大丈夫。だから会社に行って」

「本当に？　病院に一緒に行こうか？」

「病院に行くかどうかは分からないけど、行くとしても一人で行けるから大丈夫」

大我が尋ねる。「信用金庫には？」

「後で私から連絡する。まだ早過ぎるから」

「そうか」と言った大我は心配そうな表情をした。

え？　ちょっと……意外。ひと通り自分が手助け出来ることはないかと、聞いてくるとは思っていたけど、そんな心配そうな顔をするなんて。

大我はなにかあったらすぐに連絡してくれと言うと、部屋を出て行った。

ふうっ。

康代は息を吐き出す。仮病なんて生まれて初めてで緊張してしまった。上手く出来たかどうかは分からないけど、多分大我には通用した。次は沙希だ。なんとなく大我より難敵のような気がする。注意しなくちゃ。

しばらくしてノックの音がした。

ドア越しに「なに？」と康代が尋ねると、「入っていい？」と沙希の声がした。

康代が「いいわよ」と答えると、沙希がドアを開ける。

沙希はベッドの脇に屈《かが》むと「具合悪いの？」と聞いた。

「そうなの。今日は寝てるわ。沙希は学校に行って頂戴《ちょうだい》」

「私が側《そば》にいなくて平気？」

「平気よ。大丈夫」

沙希は掛け布団カバーの端に人差し指を当てた。そしてその指を左に、右にと動かして、カバーを撫《な》で続ける。

康代は声を掛けた。「大丈夫だから学校に行きなさい」

小さな声で「うん」と答えて手を止めた。

沙希の瞳に怯《おび》えのようなものが走った。

康代はごめんねと口にしそうになって、慌てて掛け布団を引っ張り上げて口元を隠す。

沙希は「じゃ、行ってくるね」と言うと立ち上がった。

ドアの前で立ち止まり手を振った。

康代は掛け布団から左手を出して左右に振った。

ドアが閉まり沙希が廊下を歩く音が聞こえる。

よしっ。沙希にもバレなかったみたい。良かった。

三十分ほどして廊下を歩く二人の足音が聞こえてきた。その足音は玄関に向かう。

二人一緒に家を出ることにしたようだ。

玄関ドアを施錠する音がしたので、康代は上半身を起こした。耳を澄ます。

静かだった。

少ししてトラックの荷台の扉が開く音が聞こえてきた。

向かいのマンションの一階にあるコンビニに、納品にきた車だろうか。

ヘッドボードのスマホに手を伸ばした。真穂から貰ったアドバイスをメモしたアプリを開く。

何度も読んだのだが今一度目を通して確認する。二人が家を出ても、忘れ物を取りに戻る可能性がゼロではないので、三十分はベッドでじっとしているべきと書いてあった。真穂のアドバイスは細部に亘《わた》っている。

真穂のアドバイス通りそれから三十分間、ベッドの中でスマホを弄って過ごした。

頃合いをみて職場に電話をした。上司に体調不良で休みたいと言うと、康代の今日予定していた業務を聞かれたので説明をした。面談予定だった人にはアポイントを別日にして貰うか、誰かに代わりに行って貰うかの判断は、上司に任せると康代は言った。上司は一拍置いてから分かったと答えた。そして上司は電話を切る寸前に、思い出したようにお大事にと言った。

怒ったのかもしれない。査定に響くだろうか。どうしよう。違う。どうもしない。私が普段どれだけ貢献しているかに気付け。私の代わりを出来るものなら、やってみろ、と思わなくちゃ。そう真穂は言っていたから。でも……やっぱりちょっとビビっちゃう。

寝室を出てリビングに移動した。

カーテンが閉じられていて部屋は暗い。

家を出る前に閉じたのか、それとも開けることさえしなかったのか。

康代はカーテンを開けて灯りを点けた。

ダイニングテーブルには康代が置いたメモが、そのまま残っていた。シンクには使った皿とマグカップが、汚れたまま放置されている。

二人は食パンとコーヒーだけの朝食を摂《と》ったようだった。タイマー予約をしておいた白飯は炊き上がっていたが、丸々残っているので弁当は作らなかったのだろう。

コンビニで調達するのかしら。お握りぐらい大我が作ればいいのに。そこまで頭が回らなかったのかも。ま、いずれにせよ、仮病はお金が掛かるものだわね。

キッチンの戸棚から雑炊のレトルト袋を取り出した。

取引先の新商品だと言って、担当の職員から十袋ほど貰ったものだった。

体調が悪い人が食べそうなものを、食べるようにしなくてはいけない。余ってしまった白飯を使った簡単な料理もご法度《はっと》。それに汚れ物が溜《た》まっているシンクも、片付けてはいけない。私は体調不良なのだから。

袋の裏の説明書き通りに端をカットして、そのままレンジに入れた。マグカップに緑茶を入れて、完成した雑炊をリビングのローテーブルに運ぶ。

テレビを点けた。

テレビ局のスタジオにいるタレントたちが、両手を左右に広げて片足立ちをしていた。

身体のどこかが良くなる体操だろう。

雑炊は十分ほどで食べ終わった。

緑茶を飲みながらぼんやりとテレビを見る。

手に入れた時間をどう使ったらいいのか……分からない。

テレビを消して立ち上がった。両手を高く上げて伸びをする。ふいに思い付いてキッチンカウンターに近付いた。端に置いたトレーからハンドクリームを持ち上げた。チューブを絞って両手の甲にクリームを出すと、それを塗り広げる。そうしてからしげしげと甲を見つめた。酷使してすっかり老け込んだ手を。

6

運転席の真穂が聞く。「昨日はいかがでしたか？」

助手席に座る康代は答えた。「仮病はバレませんでした。夫も娘も心配そうな顔をしていましたから。騙《だま》していることが、ちょっと……後ろめたくて」

「後ろめたさを康代様が感じる必要はございません。堂々とずる休みするべきです。ずっと長い間、毎日働き詰めでいらしたのですから。職場の方はいかがでしたか？」

「今日も休むと電話をしたら体調を気遣われました。昨日はそういうことは言われなかったんですけど」

満足気に頷く。「いい傾向でございます」

ずる休みの二日目。真穂から連れて行きたい場所があると言われ、迎えに来た彼女の車に乗り込んだところだった。

車は住宅街をゆっくり進む。

公園にでも行くのか、二人の女性が一台ずつお散歩カートを押していて、それぞれに五、六人の園児たちが乗っている。その中の一人の園児が好奇心いっぱいといった瞳で、康代たちが乗る車を見つめた。

大通りに出た車は赤信号に捉《つか》まった。

康代は尋ねた。「運転はよくされるんですか？」

「そうですね。収納ケースのような、結構嵩張《かさば》る物を運ぶことが多いものですから。わたくし、整理収納アドバイザーなんです」

そうだった。この人は整理収納アドバイザーだった。クローゼットの片付けは全く進んでいないけど。この人に整理収納を依頼したら、ずる休みすることになって、今はどこかに連れて行かれようとしている。少し前の私だったら、ちょっと考えられない事態に陥っている……それが嫌ではないのが自分でも不思議なんだけど。

今日の真穂は白いニットのアンサンブルを着ている。カーディガンには、パールやビーズなどの飾りがたくさん付いていた。張りのある黒い布地のフレアスカートを穿《は》き、いつものように巻き髪にカチューシャを着けている。

康代の方はグレーのセーターに、ジーンズとスニーカーという、カジュアルな格好をしていた。

二十分ほど走り、真穂は車をコインパーキングに上手に止めた。

エンジンを切った真穂が言う。「病人のフリをするために、粗食で過ごされていたでしょうから、まずは美味しいものを、たっぷり食べて頂こうと思っております。参りましょう」

車を降りて細い道を進む。文房具店の手前を左に折れた。

十メートルほど歩いたところで真穂が足を止めた。

白地の暖簾《のれん》には〈ゆきこ〉という店名が、細い墨文字でプリントされている。

真穂に続いて康代は店内に足を踏み入れた。

カウンター席が六つあるだけの小さな店だった。一番奥にテーブルがあり六品の料理の大皿と、保温器に入った味噌《みそ》汁が置かれていた。

バイキング形式だという。

真穂の推測通り康代は昨日から雑炊やうどんなど、消化が良さそうなものを少しだけ食べるようにしていたので、身体は栄養を摂りたがっていた。

それで皿に料理を山盛りにして席に着いた。卵焼きも鶏の唐揚げも、きんぴらごぼうも、なにもかもが美味しかった。ここぞとばかりにバクバク食べた。

康代が食事を終えて、満腹感に浸《ひた》りながら緑茶を飲んでいると、真穂がバッグからスマホを取り出した。

そしてスマホの画面を康代に見せる。「このアプリ、ご存じでしょうか？　お勧めでございます。まず好きなキャラを選んで頂きます。この時点で不満の点数千点が付きます。ご不満をテキストか音声で入力しますと、康代様に代わってそのキャラが、敵役のキャラに石を投げたり、藁《わら》人形に五寸釘を打ってくれたりします。セロハンテープの最初の位置を分からなくさせたりとか、眠っている敵役のキャラを無理矢理起こして、ボタン付けをさせたりといった、細かい嫌がらせもします。そういうことをキャラにさせていると、点数はどんどん減っていきます。キャラになにかさせなくても、時間が経っただけでも点数は減っていきます。減り具合は緩やかですが。その点数がゼロになると少し気が晴れます。そういうアプリです。むしゃくしゃした時にお勧めでございます。服を買いたくなった時に、まずはそのアプリで遊んでみてはいかがでしょうか。ストレスの発散をキャラが代行してくれることで、服を買わずに済むかもしれません」

「それ、いいですね」

康代はそのアプリの名を教えて貰い「ダウンロードしてみます」と言った。「教えてくださって有り難うございます。そういうアプリを知っているということは、中村さんもむしゃくしゃすることが、あるんですか？」

「ございます」

「即答ですね」

「はい」腕時計に目を落とした。「予約時間まであと少しですので出ましょうか」

「これからどこへ行くんですか？」

「当たらない手相見のところへ」

康代は目を丸くする。「手相？　当たらない？」

「一応虫眼鏡《むしめがね》で手相を見るような真似事《まねごと》はするのですが、占いはテキトーなんです。手相は掌《てのひら》に現れる線などで占うのですから、そうそう変わらないと思うのですが、一ヵ月前と全然違うことを言ったりするのです。先月は二回結婚すると言ったのに、今月になると、あなたは結婚はしないと言ったりします。ですから占いの腕は大したことはないのでしょう。余興程度と思っておいてください。ただ話し相手としては最高なんです。それでなかなか予約が取れない状況になっております」

「…………」

「料金は六十分で七千七百円です。彼女は怪しい人ではありません。スピリチュアル的な話もしませんし、なにかを買えと言ったり、投資の話をしたりもしません。そこはご安心ください」

安心って……今の話を聞けば全然安心出来ないけど……まぁ、ここまできたら、真穂を信じて乗っかるしかない気がするし、その当たらない占い師に会ってみたい気もする。

康代は「分かりました。行きましょう」と言った。

それは雑居ビルの三階にあった。

碁会所の隣のドアに〈手相見　石舘《いしだて》ハルコ〉と書かれた、長さ二十センチほどの表札が付けられている。それは小学生が書いたような、下手くそな手書きの文字だった。またその表札の周りに配された ビニール製の薔薇《ばら》の造花が、インチキ臭さを増すのに貢献していた。

慣れた様子で真穂が中に入り、康代は続いた。

左に小さなデスクがあり陰気臭そうな男性が着いている。六十代ぐらいのとても痩《や》せている人だった。

真穂は「こちらが長尾康代様です」と男性に紹介すると、「わたくしは一階の喫茶店でお待ちしております」と言った。

康代は慌てて「同席してくれないんですか」と聞くと、「プライベートな話になるでしょうから遠慮致します」と答えた。

急に心細くなる。でもまぁ、真穂に聞かれたくない話もあるかもしれないから……しょうがない。

男性に促された康代は一人で別室に足を踏み入れた。

八畳ほどの部屋の中央にテーブルが一つあり、そこに女性が座っていた。

六十代……いや、七十代かもしれない。定規をあてて描いたような一直線の眉と、真っ赤な口紅が目を引く。

ハルコが「ようこそ。さぁ、どうぞ掛けてくださいな」と向かいの席を勧めた。

指定された席に康代は座った。

ハルコの背後には六十センチ四方程度の窓があった。そのガラスはでこぼこしていて窓外の景色はよく見えない。テーブルには場末の洋食店で見掛けるような、ビニール製のカバーが掛けられていて、大きな虫眼鏡が一つと、ＢＩＣのボールペンが一本置いてあった。

ハルコが言う。「それじゃ、手を見せて貰いましょうかね」

康代は両手を差し出した。

ハルコが虫眼鏡越しに康代の掌を丹念に見る。

こんなに熱心に手相を見るのに当たらないのだろうか。

しばらくしてハルコが顔を上げた。

そして虫眼鏡をテーブルに戻した。「問題なさそうよ。大金持ちにはならないけど、貧乏にもならない。ほどほどの金運」

「……そう、ですか」

「不満？」

「不満という訳では……手相は金運の他にどんなことが分かるのでしょうか？」

「大抵のことは分かるわよ。大雑把にだけど」

「大雑把に……ですか」

「今日仕事は休み？」

「ずる休みしました」

楽しそうな顔をする。「いいわねぇ、ずる休み」

康代は昨日からずる休みをすることになった経緯を説明した。

そして言った。「ずる休みなんて生まれて初めての経験で、なんだか落ち着かないんです。家族から私の身体を気遣う言葉をかけられる度に、騙していることが後ろめたいですし」

「はっ」と笑い声を上げた。「よっぽど真面目に生きてきたんだね。一日か二日ずる休みしたぐらいで、もぞもぞしちゃうんだから。ま、そういう性格は持って生まれたものだから、変えるのは大変なんだろうけどさ。手相にもそういうの、出てるよ」

自分の手を見下ろす。「どこにですか?」

ハルコはボールペンを摑むと、そのキャップの先で康代の右の掌に円を描いて「この辺」と答えた。

囲った円が広過ぎてどこの線のことか分からない。この人、やっぱりテキトー?

ハルコが言う。「真面目な人は生き難《にく》いでしょ」

「そうかもしれません」

「感謝されたいってことは、人からの評価を気にするタイプってことかしらね」

「…………」

「真面目な上に人からの評価を気にするんじゃ、生きていくのは難儀ね」

「…………」

「他人が下した評価なんてさ」ハルコが語り出す。「気にする必要ないのよ。あなたは、あなたで、誰かから認めて貰うために、生まれてきたんじゃないんだから。そうでしょ？　あなたのことは、あなた自身が認めてあげればいい。それだけ」

「私自身が認めてあげればいい……」

「そう。自分がちゃんと認めてあげてないから、他の人に認めて欲しくなっちゃうんじゃない？」

「……そうかもしれません」

「大丈夫よ。そのうち自分を認めるようになるって手相に出てるもの」

「えっ？　本当ですか？」康代は尋ねた。

「本当よ。この辺りにね」と言って康代の左の掌に、ボールペンのキャップで円を描いた。

康代は思わず苦笑した。

7

「ごめんごめん」と大我の声が聞こえてくる。

康代はベッドの中で耳を澄ます。

ずる休み五日目の朝だった。

大我がランドリールームのドアを開ける音がした。

「信じらんない」と言う沙希の声も流れてくるのは、リビングのドアを開けているからだろう。

大我が「なに？」と大きな声を出した。

「朝ご飯は？」と尋ねる沙希の声がする。

大我が「パンかなにかあるだろ。あるものを食べてくれ。パパは急いで沙希のブラウスに、アイロンを掛けちゃうから」と言った。

制服のブラウスに今アイロンを掛けているの？　昨夜のうちにやっておくのを忘れたのかしら。

「なんにもないんだけど」と言う沙希の声が近くで聞こえるので、廊下に出てきたようだ。

「なにも？　冷凍のパスタとかもないか？」と、大我。

「朝に冷凍のパスタ？　昨日の夜も冷凍のパスタだったじゃん」

「好きだろ？　パスタ」

「毎回食べたいほどじゃないんだけど。ニキビが酷《ひど》くなってるの、食事のせいだと思う」

「そうか？　酷くなっているようには見えないがな。それじゃ、今夜は肌に良さそうな弁当を買って来るよ」

「肌に良さそうなお弁当ってどんなの？」沙希が質問する。

「それは分からん」

「パパ、テキトー過ぎる」

「パパだって一生懸命やってるんだぞ」

「お昼代と塾の参考書代を頂戴」と、沙希。

「いくら？」

「お昼が千円で、参考書は二千五百円」

「アイロンが終わったら――あっ、現金がないな。そうしたら一緒に家を出て、駅前のATMで下ろして渡すよ」

沙希の返事は聞こえてこない。

少しして大我が「ほら、出来た」と声を上げた。

「襟に皺が寄ってる」と言う沙希の不満そうな声がした。

「皺？　ここか？　これぐらい見逃してくれよ。大丈夫だよ、誰も気が付かないさ」

「気付く。ママならこんな皺を襟に作らない。夜のうちにやっておいてくれるし」

「仕事してるからさ、帰って来てからの数時間で、あれもこれも出来ないんだよ」

「ママだって仕事をしてるじゃん。でもちゃんとやってくれるんだけど」

大我が言う。「ママはスーパーウーマンなんだ。同じことをパパは出来ない。パパは出来が悪いからな。スーパーウーマンのママに頼り過ぎて、甘えてしまったと反省しているよ。ママは仕事も家のこともフル稼働で頑張って、頑張り過ぎて心が疲れてしまったんだろう。ママは心が、風邪《かぜ》を引きそうになっているんだって話したろ。これからはママが頑張り過ぎなくてもいいように、パパも頑張るつもりだ。だから沙希も協力してくれ」

「そうしたら元のママに戻る？」

大我の答えは聞こえてこなかった。

二日前、大我は康代を医者に診せようとした。往診を依頼すると言い出したのだ。だから康代は告げた。「心が風邪を引きそうになっているだけだから、医者に診察して貰う必要はない」と。仕事を休み寝室にいる日が続けば、大我がそういう行動に出ることは予想していたので、用意していた言い訳だった。

しばらくすると廊下を歩く二人の足音が聞こえてきた。三和土《たたき》で靴を履く音。ドアが開き、閉まり、錠を掛ける音に耳をそばだてた。

そして訪れる静寂。

ぴりっとした孤独を感じる瞬間だった。同時に自由も感じるのだけど。

上半身を起こして上司に電話を掛けた。今日も休むと告げ、来週の月曜から復帰するつもりだと言うと、上司は「それは良かった」とほっとしたような声を出した。

続けて上司は「助かるよ」と言った。「いや、勿論《もちろん》、長尾さんの体調が良くなったことが、なによりなんだがね。なにせ、長尾さんの代わりは誰にも出来ないからさ、復帰を待ち侘《わ》びていたんだよ」

「お客さんとトラブルにでもなったんですか？」

「トラブルじゃないんだけどさ、私らから説明しても、話なら長尾さんから聞くからという人ばかりでね。他の者が行っても相手にしてくれないんだよ。長尾さんへの信頼がとても厚いんだな。長尾さんの日頃の頑張りがあってこそ、うちはお客さんと商売が出来ているんだと、改めて思い知った訳だ。だからさ、復帰して貰えると助かるなと思ってさ」

耳が……こそばゆい。

電話を切って康代はスマホを眺める。

ずる休み作戦は成功だった。気付いて貰えたみたいだもの。私がやってきたことの大変さに。人からの評価を気にしないようにするというのを、これからの目標にしたんだけど……やっぱり評価して貰えるのは嬉しい。

ベッドから下りて寝室を出た。リビングのドアを開ける。

カーテンが開いていて穏やかな陽が射し込んでいる。ローテーブルには食べ掛けのスナック菓子の袋が、三つ置いてある。どの口も輪ゴムで縛られていた。

トマトソースらしき染みが付いた、ダイニングテーブルの横を通り過ぎてキッチンに入った。

コーヒーメーカーのスイッチを入れた。

棚からマグカップを出してカウンターに置く。ふと、左の掌を眺める。

私が私を認めてあげる——そう心の中で呟いた。

8

真穂が説明する。「四種類のカードを用意致しました。一軍というカードのところには、よく着る服を置いてください。二軍のカードのところには、一軍に比べると出番が少ない服を置いてください。三軍のカードのところには、特別な日にだけ着る服を置いてください。喪服ですとか、入学式などのセレモニーに着る服でございます。四枚目のカードには処分する物と書きました。このカードのところには捨てる服を置いてください」

康代は頷き「分かりました」と答えた。

康代の寝室の床には、大きなブルーシートが敷かれている。だがそれでも置き切れないと思われたため、もう一枚のブルーシートは廊下にセットされていた。

先週康代は仕事に復帰した。上司も同僚も気持ち悪いほど康代に親切になった。顧客からも心配したよなどと声を掛けられた。こうしたことは康代の気分を良くした。今なら服の整理が出来そうに思った康代は、真穂に再訪を依頼した。そしていよいよ、整理作業に取り掛かろうとしているところだった。

土曜日なので大我は野球の練習に、沙希は塾に行っている。

真穂が言う。「処分の方法なのですが、フリマアプリなどを使って売ることも出来ますが、どうされますか？」

「前に一度売ってみたこと、あるんです。結構手間が掛かって面倒でした。服の写真を撮ったり、素材とかデザインの特徴とかの説明を、書いたりしなくちゃいけないでしょ。それに質問してくる人とか、値切ってくる人とかがいて、そういうのに対応するのも大変でしたし。そうそう、梱包とか発送も不慣れなせいか手間取りましたね。そういうのをこなせる時間はないです」

「ご自身でするのではなく、フリマアプリへの出品を、代行業者に任せることも出来ますよ」

「えっ。そんな業者があるんですか？」

「はい。服の撮影や出品手続きは勿論発送まで、丸ごとやってくれる業者がございます。手数料は取られますが、普通に捨てれば0《ゼロ》円のところを、いくらかは現金になりますので、ご検討頂いても宜《よろ》しいのではないでしょうか。新品タグ付きの物やブランド品などもおありのようですし、そうした物はそこそこの値が付くかもしれませんので」

康代は処分品を代行業者に依頼することにした。

真穂が立ち上がった。クローゼットの前にあるハンガーラックから、スカートを取る。ボトムハンガーからスカートを外すと、康代の前に置いた。

康代はそのスカートを〈一軍〉と書かれたカードの右に置いた。

次に康代の前に置かれたのは花柄のワンピースだった。

ひろみが着ていたのと似た物を探して買ったのだけど、結局一度も着ていない。私の好みじゃないから。似た物を買うなんてバカみたい。もう二度とこんな愚かな買い物はしない。多分私はもう大丈夫だから。

康代はワンピースを〈処分する物〉と書かれたカードの右に置いた。

ハンガーラックに掛かっていた服の仕分けが終わると、クローゼットの下部に置いたケースに取り掛かった。引き出しからは香水の瓶《びん》やポーチが大量に出てきた。

ポーチの中を確認してから、仕分けをした方がいいとの真穂のアドバイスに従い、一個ずつファスナーを開けていく。

どうしてこんなにポーチを集めることになったんだか。買った物だけじゃなく、どこかからオマケで貰ったりした物も、交じっているんじゃないかな。

ピンク色のポーチを手に取りファスナーを開けた。中に入っていた小さなカードを引っ張り出す。

「ママ　お誕生日おめでとう」と書かれていた。

はっとした。

やだ、これ、沙希がプレゼントしてくれた物だ。引き出しに仕舞ってその存在を忘れてしまっていた——。なんて酷い母親だろう。

康代は「これ、娘が私の誕生日にくれたプレゼントでした。小学生の時にくれた物です。仕舞い込んでしまって忘れてました。ダメな母親ですね」と言うと立ち上がった。

そしてそのポーチを、日常使いしているバッグの中に収めた。

康代は言う。「娘はこれからは家の手伝いをしてくれるそうなんです」

「それは心強いですね」

「夫もそう言ってくれました。ま、いつまでその気持ちが持続するかは、分からないんですけどね。一週間私がお休みしたでしょ。仕事も母も妻も。それが相当こたえたみたいなんです。ママの大変さに気付いたよなんて言ってましたから。だからね、ずる休み作戦はやって良かったです。中村さんのアドバイスのお蔭。有り難うございました。あの占い師のところに連れて行って頂いたのも、感謝しています。手相についてはよく分からなかったんですけど、凄く大切なことを教えて貰いました」

「お役に立てたのでしたら、わたくしも嬉しゅうございます。それではクローゼットの整理を頑張りましょう」と言うと、両手の拳《こぶし》を自分の胸の前で小さく上下させた。

「はい」と康代は元気よく答えた。

第四話

段ボール箱だらけのアパート

1

三森泰久《みもりやすひさ》は洗い終わったコーヒーカップを、逆さにして籠《かご》に載せた。それからカウンターの右端の席に目を向ける。

いつもならそこには常連客の小林光男《こばやしみつお》がいるのだが、今日はいない。

喫茶店の壁に掛けた時計に視線を移した。

午後一時半。

泰久はエプロンで手を拭《ふ》いてからスマホを摑《つか》んだ。光男の携帯に電話をする。

呼び出し音の後で留守電に切り替わったので、電話を切った。

バイトの植野隆司《うえのたかし》に言う。「ちょっと出てくる」

「もしかして光男さんの家に行くんですか？」

「あぁ。そういう約束になってるからな」

泰久は厨房《ちゅうぼう》の奥にある小部屋に移動し、フックに引っ掛けていたダウンコートに手を通した。

マフラーを首に巻き裏口から外に出た。

背後から冷たい風が吹き付ける。

思わず肩を竦《すく》めた。

年が明けてから一気に冬らしくなった。今週末は都心でも大雪の予報が出ている。

雪になれば客はやって来ないので、店を早じまいすることになるだろう。

泰久が雇われ店長をしている喫茶店『街《まち》の灯《ひ》』は、小さな商店街の中にある。

百メートルほど歩き、ペットショップの手前を右に折れた。

狭い道の両側には年季の入った住宅が並んでいる。

この先に光男が暮らすアパートがあった。

泰久と光男は六十四歳の同い年で、一人暮らしなのも同じだった。どっちかになにかあったら駆け付けて、いざとなったら後始末をする約束をしていた。だから互いのアパートの合鍵を持ち合っている。

毎週月曜と金曜の昼に、光男は店でピザトーストを食べる。何年前から始まったのかは覚えていない。ピザトーストを食べ終わると、ツボ押し棒で肩甲骨の辺りを押さえながら、コーヒーを飲むのが常だった。

十分ほどでアパートに着いた。

敷地を囲うブロック塀の上には風見鶏が設置してある。誰かが曲げたのか、老朽化して曲がったのか、その鶏は思いっ切り頭を下げた前屈姿勢になっていた。

鉄製の階段を上り二〇四号室の呼び鈴を押した。しばらく待ってから合鍵を鍵穴に差し込んだ。

玄関ドアを開けて声を掛ける。「留守かい？　泰久だ。上がるよ」

灯《あか》りを点《つ》けて三和土《たたき》で靴を脱ぐ。

右には三畳ほどの台所があり、ダイニングテーブルが一つと、椅子が一つ置かれている。コンロにはヤカンが載っていた。

居室に繋《つな》がるドアを開けた。

あっ。

光男が俯《うつぶ》せで倒れていた。

泰久は駆け寄った。「おい、どうした。おい、しっかりしろ」

光男はピクリともしない。

「死ぬなよ。ダメだ、まだ」

ポケットからスマホを取り出して１１９に電話をした。

若い女性オペレーターの声が聞こえてくると、すぐさま言った。「友達を助けてくれ」と。

オペレーターに住所を告げたら、救急隊員が到着するまで、心臓マッサージをしてくれと言われた。

「分かった」と答えた声が震えていた。

スマホをスピーカーフォンに切り替えて、オペレーターの指示通りに光男を仰向《あおむ》けにした。オペレーターが「一、二、三、四」と言うのに合わせて光男の胸の真ん中を両手で押す。

くそっ。死ぬな。馬鹿野郎。俺より先に死ぬな。まだまだ観たい映画がたくさんあるんだろ。あの世に行ったら映画を観られないぞ。

泰久の目から涙が零《こぼ》れる。

一、二、三、四。

その時だった。

「ミッチャン、ガンバレ」とオウムが声を上げた。

はっとして顔を上げると、ケージの中に光男が飼っているオウムの銀次郎《ぎんじろう》がいた。止まり木の上で白い体を上下させている。

一、二、三、四。

オペレーターの声に合わせて胸を押しながら、泰久は心の中で言う。銀次郎も頑張れと言ってるぞ。

一、二、三、四。

死ぬんじゃない。死んだら許さねぇぞ。

一、二、三、四。

泰久は心臓マッサージをし続けた。

2

泰久はボールペンを握った。書けと言われた箇所に住所と名前を書く。そして名前の横にハンコを押して、書類を事務員の加茂清美《かもきよみ》に戻した。

加茂は小さな茶封筒からノートを取り出した。「小林光男さんから、三森泰久さんに渡すようにと言われていたノートです。オウムの飼育方法が書いてあるそうです」

泰久はそれをパラパラと捲《めく》った。

光男の丸い身体《からだ》にそっくりの、丸くて大きな字が並んでいる。罫線《けいせん》は無視すると決めたようで、二行や三行にまたがるほどの大きさの文字が、あっちこっちに出現していた。

数年前、光男は自分になにかあったら、オウムの銀次郎を泰久に引き取って欲しいと言ってきた。そのためにきちんとしておくとも言った。その言葉通り光男はＮＰＯを通して弁護士に依頼し、法的に問題なく、銀次郎を泰久が受け取れるようにしてあった。残された現金は、光男が事前に決めておいた児童養護施設に、寄付されるという。施設育ちの光男が決めた人生の閉じ方だった。

光男は死んだ。救急車で病院に運ばれたが助からなかった。

救急車を呼べないほど、俺に助けを求められないほど、突然の死だったのか……俺が連絡を取っていれば……せめてあの日、もっと早い時間にあいつの部屋に行っていたら、助かったのではないかと毎日悔《く》やんでいる。

泰久は店から借りてきた台車に、銀次郎のケージを載せた。

体長が四十センチほどの銀次郎が入るケージの高さは、一メートル近くあった。

エレベーターで一階に下りる。

雑居ビルから道路に出る時、段差で台車がガタガタと揺れた。

すると銀次郎が「ジシン　ジシン」と声を上げて羽をばたつかせた。

泰久が「すまん、すまん。地震じゃない。段差があっただけだ」と言うと、まるでその言葉を理解したかのように、銀次郎は落ち着き嘴《くちばし》を閉じた。

平らな場所を選んで台車を押して歩く。

通りの向こうから若い女がやって来た。

銀次郎に気が付くとぱっと顔を輝かせた。だがそれを運んでいる泰久をちらっと盗み見た途端、顔から表情を消した。

怖い顔をしたジジイとは関わりたくないのだろう。

泰久はよく顔が怖いと言われる。そのうえ口が悪いから仕事の時には黙っている方がいいよと、光男からよく言われた。

そういや、光男からは「やっちゃんは、いじけ虫だ」とも言われたっけ。

高校を卒業した泰久は、両親が営んでいた小さな印刷会社で働き出した。十年後に社長を継いだが不運が重なり倒産した。それからレンタルビデオ店を開いたが、こちらも上手くいかずに閉店することになった。その後は仕事を転々とする生活だった。全部は思い出せない。それほど多くの仕事に就いた。こっちは真面目に働いているつもりでも、口が災《わざわ》いするのだ。お愛想の一つも言えりゃ良かったんだろうが、相手が上司だろうと、得意先だろうと、おかしいことはおかしいと言っちまうので、クビになった。

俺の人生は失敗続きだった。これだけ失敗が続けば、いじけた性格になるのは当たり前ってもんだ。いじけるぐらい、いいだろ、別に。

十年前にたまたま入った喫茶店に、スタッフ募集の紙が貼ってあったので、俺を雇って貰《もら》えますかと尋ねた。するとオーナーは店名の由来を当ててみてくれと言った。だからチャップリンの映画のタイトルと答えた。更にオーナーから観たかと聞かれたから、観たと答えると採用された。半年ほどするとオーナーはあんたに任せると言って、店に顔を出さなくなった。映画好きのオーナーの気まぐれで雇って貰い、今日まで続いている。

十五分ほどで泰久が借りているアパートに到着した。

築四十年のアパートの外壁には、何本ものヒビが入っている。

このアパートは建て替えるそうで、店子《たなこ》たちには二ヵ月以内に出て行くようにとのお達しが出ていた。

歩道とアパートの入り口の段差で、台車が大きな音を立てた。

銀次郎が羽ばたきをしたが声は上げなかった。

敷地の隅で大家の岡田宗伸《おかだむねのぶ》がベンツの洗車をしている。

大家は不思議なほど金回りがいいようで、いつも高級外車に乗っている。そして暇なのか毎日のように洗車をしていた。

銀次郎に気が付いた大家が鋭い視線を泰久に向けた。「それ、飼うの？」

「ええ」

「煩《うるさ》くさせないでよ。近所迷惑になるから」

「大丈夫ですよ」

「本当に？　煩いのは困るんだよね」

泰久はポケットから鍵を出しながら言う。「お宅のワン公よりは静かですよ」

ムッとしたような顔をする。「メルちゃんをワン公と言わないでくれる？」

「あれっ。猫でしたっけ？」と言うと、大家の目に怒りの色が浮かんだ。

メンドー臭《くせ》ぇ野郎だ。

泰久はドアを開けて隙間にスニーカーを嚙《か》ませた。そうやってドアを開けたままにして、ケージを中に入れた。台車を畳んで下駄箱にもたせ掛けると、嚙ませていたスニーカーを外す。ドアが閉まるまでの数秒間、仁王《におう》立ちしている大家の姿が見えた。

泰久が住む一〇五号室は手前に台所があり、その向こうに二つ部屋がある。左の四畳半には布団が敷きっ放しのため、空いているスペースはない。

右の六畳の居間にある卓袱台《ちゃぶだい》にひとまずケージを置いた。テレビの横に積んでいた雑誌を台所に移し、空いた場所にケージを据えた。

ステンレス製のケージの中には上と下に止まり木があり、銀次郎は上の方に止まっていた。中央に大きめの扉が、その左右に小さい扉が付いている。その小さい扉の向こう側には、それぞれに餌《えさ》入れと水入れの容器があった。

泰久はこの小さい扉を上に滑らせるようにして開けて、容器を取り出した。

餌と水を入れて元の場所に戻した。それから着替えをするため隣室に移る。よそ行きのセーターを脱ぎトレーナーを着た。セーターを畳んで箪笥《たんす》に仕舞うと台所に移動する。

急須に茶葉を入れようとした時だった。

「ハラヘッター」と言う銀次郎の声がした。

泰久は居間のケージを覗《のぞ》いた。「なんだよ、腹減ったってのは。餌、あるじゃねぇか」

「ハラヘッター」

「だから、餌、それだろ？　違うのか？　光男の部屋にあった餌を貰ったんだから、お前がいつも食べてるもののはずだぞ」

だが銀次郎は餌入れに見向きもしない。

おかしいな。

台所に戻り光男が残したというノートを開いた。

ページを捲る。

あっ、これか？

「オウム専用の餌の他に、時々果物や生野菜をあげてください」と書いてあった。

果物や野菜って……どっちだよ。

流しの横のミカンに目が留まった。

実家から大量に送られてきたという客から貰った、ミカンだった。

一つを手に取り台所を出た途端、足が止まる。

銀次郎がケージの屋根の上にいた。

どうやって、そこに？

近付いてよくよく調べてみると、屋根も左右に開けられる作りになっていた。

そうではあるにせよ外側から開閉出来ても、内側からは開けられないようにしてあるもんだろうに。

泰久は尋ねる。「お前、自分で開けたのか？　だよな。俺は屋根が開けられることも知らなかったんだから、いじりもしなかったはず。うっかり開けたままにしていたとは考えられないもんな。だとしたら、お前、いつでもどこにでも行けるんじゃないか。ケージの意味がないじゃねぇか」

「ハラヘッター」と銀次郎が繰り返す。

泰久はミカンを差し出した。

銀次郎は一瞬ミカンを見つめたが、すぐに「ハラヘッター」と声を上げる。

なんだよ。ミカンは嫌なのか？　もしかして皮付きのままじゃダメなのか？

泰久はミカンの皮を剥《む》くと割って、そのうちのひと房《ふさ》を銀次郎の顔の前に差し出した。

銀次郎は少しの間それを見つめた後で、片足を伸ばした。そして摑んだ。その足を少し上げると背中を丸める。そうして前傾してついばみ始めた。

やっぱりひと房の状態で食いたかったのか。お前、お殿様並みに手が掛かるな。

銀次郎が「オイシー」と声を上げた。

「そりゃ、宜《よろ》しゅうございましたな」

泰久は卓袱台の前に座り、ミカンは何房まで食べさせていいのか書いてないかと、ノートを捲った。

銀次郎が言った。「ミッチャンハ？」

「あ？　光男のことか？　光男はいない」

「ミッチャンハ？」

「みっちゃんはあの世に行っちまったんだ。もう会えねぇよ。俺で我慢するんだな」

「ミッチャンハ？」

「うるっせぇな。何度も同じことを聞くんじゃねぇ。しつこいと焼き鳥にして食っちまうぞ」

銀次郎は片足でミカンを握り締めたまま体を上下させた。

3

花立に菊を挿す。そして泰久は手を合わせた。

直径三メートルほどの円形の囲いの中央には一本のオリーブの木が生えている。土の下に光男の遺骨は合祀《ごうし》されている。

生前に光男が契約していたのはこの樹木葬だった。

今日は光男の月命日だ。

泰久は目を閉じて、心の中で光男に声を掛ける。来たよと。

遠くからバイクの走行音が聞こえてきた。

ゆっくり目を開けた。

手を下ろして、畜生と呟《つぶや》く。

胸いっぱいに広がる寂しさを、泰久は持て余す。

ハックション。

くしゃみを一つしてから歩き出した。

階段を上り、広場に辿《たど》り着く。

泰久はベンチに腰掛けた。

そこからは椀の底のような場所に並ぶ墓を見下ろせる。墓参の人たちのために寺が用意した場所のようで、広場にはベンチがいくつか並び、飲み物の自動販売機もあった。

昼休憩の時間を利用して泰久はここにやって来た。今、店は隆司が回してくれている。

泰久はコンビニで買ってきた稲荷寿司《いなりずし》の容器を開けた。指で稲荷寿司を摘《つ》まみ口に運ぶ。

あれは何年前だったか……泰久は大晦日《おおみそか》に近所のスーパーで買い物をしていた。午後五時頃だった。多くの人はすでに年末の買い物を終えていたようで、店はガラガラだった。

そこで光男と出くわした。『街の灯』に何度か来店した客だと気付いた泰久は会釈《えしゃく》をした。光男の方も泰久が喫茶店のスタッフだと気付いたようで、会釈を返してきた。

その時、光男の籠の中に目が向いた。日本酒パック、つまみ、レトルトカレー、カップラーメンなどが入っていた。

それは泰久の籠の中身とよく似ていた。

光男も泰久の籠の中を覗き察したようだった。こいつも一人で年末年始を過ごすのだと。

光男が言った。「良かったら一緒に年越しそばを食べませんか?」と。

泰久はびっくり仰天《ぎょうてん》し、すぐさま断ろうとした。だが何故《なぜ》か言葉が出てこなかった。

光男は「大晦日は一人じゃない方がいいですよ。せめて大晦日ぐらいは誰かと過ごした方がいい」と続けた。

泰久は不思議なことにこの時そうだなと思った。そして光男のアパートに行った。部屋には銀次郎がいた。棚に並ぶ大量の映画のＤＶＤコレクションから、光男も映画好きだと分かった。

一緒に年越しそばを食い酒を飲んだ。ずっと映画の話をした。翌日には光男が泰久のアパートにやって来た。そしてまた映画の話をした。それから毎年大晦日から三が日の間は、互いのアパートを行ったり来たりして、過ごすようになった。

あいつはもういないから……これからは一人で年末年始を過ごすのか。それは……ちょっとしんどいな。俺も焼きが回ったもんだ。いい年こいて、一人がしんどいなんて思うようじや。昔に戻るだけだ。光男と知り合う前の頃に。昔は一人に慣れていたんだから出来るって。

泰久はペットボトルの緑茶を喉に流し込んだ。それをベンチに戻した時、自身が履いているスニーカーにチラシがへばり付いているのを発見した。手を伸ばしてチラシに目を落とす。

入居金が0円《ゼロ》の介護施設がオープンしたと書いてあった。楽しそうに笑うジジイと若い女が、柔らかな光の中で話している写真が載っている。

インチキ臭ぇな。

そう思うものの、右下に書かれた地図を確認してしまう。

すぐ近くじゃねぇか。帰りにちょっと覗いてみるか。インチキ臭いが、いずれ厄介《やっかい》になるかもしれないからな。

出来るだけ自宅で過ごしたいが、そうはいかなくなった時には、同じ施設に入ろうと光男と約束していた。光男と一緒なら、介護施設も楽しそうだと思えていたのだが。

そういや、健康診断にも二人で行った。

当初、泰久は健康診断に行くのを面倒がった。

だが光男は「介護施設に入る日を一日でも遅くするには健康でいなけりゃならない」と言い、更に「やっちゃんは運動不足だし、食事も偏《かたよ》っているから、定期的に健康診断を受けた方がいい」と勧めてきた。

丸っこい身体で週に二回ピザトーストを食べる男がなに言ってんだと思ったが、何度も勧められたので、渋々行くことにしたのだ。

病院の前で泰久たちはジャンケンをした。どちらが先に受付をするかが、なかなか決まらなかったからだ。

通り掛かった看護師が小学生みたいねと言って笑った。

確かになと思って、泰久も笑った。

光男も笑った。

そんなことがあった。それが今は……一人になっちまった。

泰久は長い長いため息を吐《つ》いた。

それからまた稲荷寿司に手を伸ばした。

食べ終えると腰を上げた。

来た時とは違う道を歩いていると、チラシにあった介護施設の看板が見えてきた。

四階建ての施設は薄いクリーム色の外壁に、小さな窓が等間隔で並んでいる。

門扉《もんぴ》の前で泰久は足を止めて、中を覗く。

二重の自動ドアの奥から、青いセーターとピンクのスカートを身につけた女が歩いて来る。

八十代ぐらいだろうか。

女が自動ドアを抜けて出てきた。

ぎょっとして目を瞬《しばたた》いた。

女は靴を履いておらず、裸足だった。そして転んだのか右目の周りに青い痣《あざ》が出来ている。

びっくりしている泰久の目を、女はじっと見返してくる。

女の背後からスタッフらしき男が走って来た。そして女の腕を掴んだ。

男は女に向かって「やちよさん、外に出ないって約束したじゃないですか。さ、部屋に戻りましょう」と言った。

女は抵抗することなく、最初からそのつもりだったかのように、ゆっくりUターンした。そして男に腕を取られながら自動ドアに向かって歩き出した。

何年後かの俺なのかもな。身につまされて胸がザラザラする。

泰久はその場を離れた。

駅前の銀行で店の売上金を口座に入金し、釣銭用の小銭を確保するため両替をした。

銀行を出ると商店街を進む。

左右に様々な店が並んでいる。駅へ抜ける道でもあるため、人の往来は結構多い。

パン店の前に行列が出来ていた。半年ほど前にオープンしたこの店は、店頭に天然酵母パンと書かれた幟《のぼり》を立てている。列は隣の書道教室と、その隣の美容院の前まで続いていた。

耳鼻咽喉科の出入り口に取り付けられた三つの監視カメラに、泰久は目を留めた。

窃盗被害に遭う度に監視カメラを増やしたのだという。他の店は無事なのに、何故かここばかりが狙われた。監視カメラは肝心の犯行時にはいつも故障しているそうで、院長以外の人たちは内部の人間が犯人だろうと噂《うわさ》しているらしい。

泰久は『街の灯』の裏口から小部屋に入った。小さなテーブルの前に着き、帳簿を広げる。

店番の隆司がカウンター席の客と会話している声が聞こえてくる。

「あそこ、閉店しちゃうんですか？　駅に近くていい場所なのに」と、隆司。

男の声がする。「いい場所だが下着屋だからな。たいして売れないだろう。それをなんとかしようとしたのか分からんが、仮想通貨ってあるだろ、最近の、なんだか得体の知れないもんが。あれに手を出したって話だ」

「投資が上手くいかなかったんですか？」

「そうだよ。貯《たくわ》えを全部突っ込んで、すっからかんだってさ。旦那が死んで二十年。奥さん一人で頑張ってたのにな。あんな目くらましみたいなもんに、引っ掛かるとはなぁ。なんでかなぁ」

「なんでですかねぇ」

隆司はこんな風にいつも客と気軽に話をする。泰久は敬遠されているので、それほど情報は入ってこないが、人付き合いが上手な隆司のところには、様々な情報が集まる。耳鼻咽喉科の窃盗被害の話も、泰久は隆司から聞いた。

帳簿付けを終えた泰久は小銭を手に、カウンターに足を踏み入れた。

その瞬間、カウンター席の客がぴたっと口を閉じた。そして金つぎが施されたカップを持ち上げてコーヒーを飲み干すと「お勘定」と言った。

そそくさと支払いを済ませた客を見送った隆司が、笑いながら「店長って、お客さんから怖がられてますよね。本当は全然怖くないのに。そういうの分かっているお客さんも何人かはいますけど、大多数のお客さんが店長を誤解してますよね。近寄りがたいところがあるって思っちゃってるんですかね」と言った。

4

「本当に来たのか」と泰久は言う。

中村真穂が「参りました」と言って頷《うなず》き、隣の若い女を、新人の整理収納アドバイザーの高《たか》木瑞紀《ぎみずき》だと紹介した。

しょうがないので泰久は二人を、アパートの中に招き入れた。

アパートの建て替えで引っ越しをした時に、結構な量の物を捨てたと思っていたのだが、新居の収納場所が少ないせいで入りきらなかった。荷物を運んだ段ボール箱のまま部屋に積んであると、泰久は店でうっかり口を滑らせてしまった。常連客の中村が、その道のプロだということを忘れていたのだ。中村は「わたくしの出番ですね」と勝手にやる気になって整理すると言い出した。そんな金はないと泰久は断ったが、中村の友人の娘が、整理収納アドバイザーの資格を取ったばかりで、経験を積む段階なので無料でいいと言う。好きにしろと泰久が言うと、中村はその場で訪問日時を決めてしまった。中村がどこまで本気なのか半信半疑だったが、どうやら本気だったようだ。

中村はケージの屋根の上にいる銀次郎に気が付くと「銀ちゃんですね」と言って真っ直ぐ向かう。

高木も「可愛《かわい》い」などと言いながら銀次郎に近付いた。

「ギンチャンデス　ヨロシクー」と、銀次郎。

中村と高木が「わぁ、すごーい」と言って拍手をした。

中村が言う。「光男さんからよく話を聞いておりましたので、ずっと銀ちゃんに会いたかったんです。可愛いですねぇ。賢そうですし。放し飼いなんですね」

泰久は説明した。「いや、俺が放し飼いにしてるんじゃなくて、そいつ、自分でケージの扉を開け閉め出来ちゃうんだよ。出たい時は扉を開けて出て、寝る時には自分で中に入って扉を閉めるんだ。光男の家には何度も行ったが、銀次郎が自分で開け閉め出来ることは、気付かなかったんだがさ」

中村が「賢いんですね」と感心したような声を出した。

高木が「銀ちゃんの写真を撮ってもいいですか？」と聞いた。

泰久が許可すると、高木は銀次郎にスマホを向けた。

すると銀次郎が歌い出した。「バスヲー　マツアイダニー　ナミダヲ　フクワー」

中村と高木が目を丸くする。

銀次郎のヤツ、はしゃぎやがって。女二人に可愛いなどと言われて調子に乗ってるな。

銀次郎の歌は続く。「シッテルダレカニ　ミラレタラー　アナタガ　キズツクー」

中村が首を傾《かし》げた。「どこかで聞いたことがあるような。これ、なんていう歌ですか？」

「『バス・ストップ』って歌だ」と、泰久。「機嫌がいいとこれを歌うんだ。光男が教えたんだろう」

中村が尋ねる。「銀ちゃんの機嫌が良い時というのは、どんな時なんですか？」

「女に可愛いと言われた時とか、腹がいっぱいになった時とか、水浴びをしている時だな。洗面器の周りをぴちょぴちょにしながら水浴びして、ご機嫌で今の歌を歌うんだ。お蔭《かげ》でこっちは片付けが大変だよ」

「また、そんな言い方を。本心じゃ可愛くて仕方ない癖に」

「なんだよ、それ。光男に頼まれたから仕方なく飼ってるだけだ。毎日ケージの掃除をして、水替えて、餌やって、大変なんだ」

「泰久さんは本当に素直じゃありませんね。本棚にオウムの飼い方という本があるじゃないですか。銀ちゃんのために勉強してるんですよね。銀ちゃんを可愛いと言うのは、恥ずかしいことではございませんよ」と言った中村は、今度は高木に向かって「こんな風にひねくれた物言いをしても、本当は優しい人だから大丈夫、安心して」と言った。

勝手なことを。大丈夫って、なにが大丈夫なんだよ。

中村が高木に指示をして部屋の写真を撮り始めた。同時にメジャーで押入れや棚のサイズを測る。

「段ボールの中を見せて貰っても宜しいですか？」と、中村。

「構わない」と泰久が答えると、中村が段ボール箱を開けて中を覗き込む。

六畳の居間の押入れの横に、段ボール箱が三つ積まれている。この他に五畳の台所、四・五畳の寝室にも段ボール箱はあった。

築三十年のアパートの二階の一室に落ち着いたのは、一ヵ月前だった。南西方向にあるベランダからは池が見えた。池は樹々でぐるりと囲まれていて、所々にベンチが配されている。

中村が言う。「映画のパンフレットがたくさんありますね」

「あぁ」と、泰久。「押入れに入れるつもりだったが、他の物でいっぱいで中に入らないんだ。だから捨てようと思ってるよ」

映画が見せる嘘《うそ》の世界が好きだった。嘘の世界に浸っている間は、浮世《うきよ》のことを忘れていられる。熱心に観るようになったのは中学生の時からだ。

近所に級友がいた。誘い合ったりはしなかったが、大体帰りの時間は一緒になるので、話をしながら帰路についた。そんな時にどんな話をしていたのかを覚えてはいないが、どうせくだらない話だったろう。

ある日、級友が「うちで遊んで行かないか」と誘ってきた。泰久は断った。何故断ったのかその理由も覚えていない。

級友は「そっか」と言い、泰久は「じゃ、明日ね」と手を振った。

翌日級友は学校に来なかった。担任が言った。亡くなったと。

泰久は衝撃を受けて固まった。

担任は、親から貰った大切な命を粗末にしてはいけないといった話をし出した。

自殺したのだと察し泰久は更に大きな衝撃を受けた。

級友になにがあったのか。なにに悩んでいたのか。泰久には全く分からなかった。そして自殺をする当日に何故泰久を誘ったのか。普段の様子となんら変わっているようには見えなかった。それでも心の中では死を決意していたのか。

人の心が分からなくなって、それはやがて人間不信へと繋がった。泰久は取り敢《あ》えず人と距離を取るようになった。友人を作るのが怖かったのだ。

そして映画館に逃げた。映画は嘘の世界だと分かっているので、登場人物が理解不能な行動をしても、酷《ひど》い目に遭っても、幸せになれなくても、安心して観ていられた。その登場人物とは距離の取り方を考えずに、観ているだけでいいというのが気楽で良かった。映画が友となった。

継いだ印刷会社が上手くいかなかった時も、レンタルビデオ店を潰した時も、上司に啖呵《たんか》を切って辞めた時も映画館に行った。現実を忘れたくて。

中村が言う。「お宝じゃないですか。捨てるなんて勿体《もったい》ないですよ。捨てずに済むよう収納の工夫をしてみます」

泰久は疑問を口にした。「整理収納アドバイザーってのは、客に捨てろ捨てろと発破《はっぱ》をかけるのが仕事かと思っていたんだが、違うのか？」

「違います」と中村が否定した。「お客様に闇雲《やみくも》に捨てるよう促したりすることはございません。お客様が大切な物と、そうでない物を仕分けする際の基準の決め方を、ご提案することはございますが、あくまでもご提案です。発破をかけたりも致しません。大切な物をきちんと収納出来るようアドバイスさせて頂くのが、わたくしの仕事でございます」

「そうかい」

段ボール箱に片手を乗せる。「一番上に『グリース』のパンフレットがありました。『グリース』を映画館でご覧になったんですね」

「昔にな。知ってるのか？」泰久は尋ねる。

「ビデオで観たことがございます」

「あんたはミュージカル映画が好きだもんな」

「はい」頷いた。「光男さんは子どもが出てくる映画が好きでしたよね」

泰久の胸に痛みが走る。

そうだった。光男が好きだという映画は、大抵子どもが出てくるものだった。特に不憫《ふびん》な子どもが、境遇に負けずに頑張るような話が好きだった。施設出身だったから、そういう子どもと自分を重ね合わせたのかもしれない。

光男の女房はお産中に亡くなった。赤ちゃんも助からなかったという。家族が増えるのを心待ちにしていた光男は、地獄に落とされたような気持ちになったと語っていた。そんな経験もあって、子どもが出る映画が好きだったのかもしれない。

あいつは……もういない。映画の話をする相手がいなくなった。俺の方が先に逝きたかった。こんなに寂しい思いをするぐらいなら。汗っかきで小さなタオルで汗を拭《ぬぐ》いながら、店でピザトーストを食べてコーヒーを飲んでいた。陽気な男だったが、その顔には時折翳《かげ》が射した。苦労をしてきたからか。もっと同じ時間を過ごしたかった——。

中村が高木を呼び寄せて、三森家の仏壇の前に並んで座った。

そして手を合わせる。

それから高木は立ち上がり、メジャーでの計測と撮影を再開した。

中村が顔だけを後ろに捻《ひね》った。「泰久さんのご両親はどんな方だったのですか？」

「どんなって……普通の人だったよ」と泰久は答えた。

最後まで俺のことを心配していた。いい人、見つけろ。これが父親の最期の言葉だった。母親も電話を掛けてくる度に「いい人、いないの？」と聞いてきたから、二人とも泰久を心配していたのだろう。

いい人はいた。だがその女に捨てられたのだ。仕事を転々としていた泰久に、女は「お金の心配をしないで済む暮らしがしたい」と言って出て行った。

中村が台所の戸棚を開けて言う。「泰久さんはコーンがお好きなんですね。コーンの缶詰がたくさんあります」

「大したものは作らないが、料理の上に最後にコーンを降らせりゃ、華やかになるだろ。それで安くなってると買っておくんだ」泰久は説明した。

「そうなんですね」と言いながら、中村が今度は冷蔵庫を開けた。

中を覗き「おかずを作り置きされているんですね。しっかりしていらっしゃいますね」と言った。

「なんだよ、しっかりって。子どもじゃないんだから。ジジイが一人で生きてるんだから、しっかりしなきゃならねぇんだよ。誰も面倒見てくれねぇからな」

銀次郎が声を上げる。「ヤッチャン　ガンバレ」

中村と高木が声を揃《そろ》えて「銀ちゃん、賢い」と褒《ほ》めた。

銀次郎は満更《まんざら》でもないといった顔をした。

そして頭を九十度横に倒して泰久を見上げた。

5

「いかがでしょう？」と中村が聞いた。

泰久は腕を組み自分の居間の棚を見つめる。

棚にはファイルボックスに収められた映画のパンフレットが、整然と並んでいた。二段目の棚板の上には陳列コーナーが出来ていて、映画館で貰ったタイトルが印刷されたボールペンやキーホルダー、クリアファイルなどが飾られている。

部屋を引っ掻《か》き回されるだけではないかと疑っていたが、中村と高木はきっちりと仕事をした。段ボール箱の中身を押入れに収めただけでなく、飾ることまでしていた。

そもそもこの棚は台所に置いてあり、鍋やらインスタント味噌《みそ》汁などを載せていた。中村たちはそうした雑多な物を、百均ショップで買ってきたケースに入れるなどして、戸棚に収めきることに成功し、空いた棚を居間に移したのだった。

午前十時にやって来た二人は、途中昼休憩を挟みながらくるくると立ち働き、居間、寝室、台所、洗面所を三時間ほど掛けて片付けた。

中村が「いかがでしょう？」ともう一度言った。

泰久は「まぁ、いいんじゃないか」と答える。

中村は手を叩《たた》き高木に向かって「今のは最大級の褒め言葉です」と告げた。

高木が片付け終えた部屋の写真を撮ると言って、居間を出て行った。

銀次郎が「ハラヘッター」と声を上げる。

中村が「あらあら」と言った。

銀次郎が屋根の上からもう一度「ハラヘッター」と大きな声で言った。

片付けが始まると、銀次郎は中村たちの後についてちょこちょこ歩いていたが、うっかり踏んで、怪我《けが》をさせてしまいそうで怖いとの声が二人から出た。そこで泰久がケージを叩いて「終わるまでここにいろ」と言うと、銀次郎は恨めし気な表情を見せたもののケージに戻り、屋根に上った。そこから働く二人に「ガンバレ」と声援を送り続けていた。

泰久は台所に移動した。冷蔵庫から苺《いちご》を一つ取り出してへたを取る。水で洗いまな板に載せた。

包丁で二分の一にカットすると、半分を自分の口に放り込んだ。残りの半分を持って居間に戻る。そしてそれを銀次郎に差し出した。

銀次郎はじっと苺を見つめてから片足で受け取った。

ついばみ始めたので、泰久は「いただきますはどうしたんだよ」と尋ねる。

銀次郎は苺から嘴を離して顔を上げた。

それから泰久に向かって「イタダキマス」と言った。

中村が畳に正座をして「銀ちゃんは本当に賢いですねぇ」と褒めた。

泰久は言う。「おだてないでくれ。こいつ、すぐ調子に乗るから」

「調子に乗る銀ちゃんも可愛いです」と言った後で「こちらの片付けはこれで終了とさせていただきます」と宣言した。

「本当に金はいらないのか？」

「結構でございます。その代わりこちらの整理前と後の写真を、実例として彼女のサイトに掲載させて頂きますので、それで」首だけを左に捻った。「この映画コーナーは彼女とわたくしの力作でございます。ディスプレイする場所を設けまして、見せる収納に致しました。大切な物は仕舞い込むのではなく、目に触れる場所に置いた方が、宜しいのではないかと考えましたので」首を戻して泰久と目を合わせた。「次のご提案をさせて頂きたいのですが、宜しいでしょうか？」

泰久は驚いて尋ねる。「次の提案？」

「はい。『街の灯』の店内にも、映画コーナーを設けてはいかがでしょうか？」

「なんで？」

「オーナー様が映画好きで、『街の灯』という店名を付けたと伺っております。そうであれば映画を前面に出した方が、喫茶店の個性が強くなるのではないでしょうか。そのためには映画にまつわるコーナーを設けるのが、いいのではないかと考えました」

「コーナーったって。店にそんなスペースはないよ」

「小さな場所で構いません。トイレの手前の壁にニッチがございますね。奥行き十センチほどの窪《くぼ》んだスペースです。今、造花の一輪挿しを置いてあるあそこを利用出来れば、十分でございます」と、中村。

「あんな小さなところで、なにするっていうんだよ」

「ヒントの品を飾るのです」

「は？」

「あの窪みに二つか三つ程度のヒントの品を置くのです。そのヒントから導き出される、映画のタイトルはなんでしょうといった、クイズを出すのです。答えが分かった人は泰久さんに告げて頂きます。一番早く正解した人に、コーヒーを一杯無料にするというのはいかがでしょうか？」

居間に戻って来た高木が、ぺたんと中村の隣に座った。

そして「それ、面白そうですね」と話に加わった。

泰久は言う。「なんだよ、それ。なんで、そんなことをやらなきゃいけないんだよ」

中村が説明した。「それをきっかけに、お客様と話が出来るようになるかもしれないからです。泰久さんは本当はとても優しい方なのですが、少々お顔が怖いので話し掛け難《にく》いところがございます。こういったきっかけがあれば、お客様が少し勇気を出してくださるかもしれませんから。泰久さんはなんと申しましょうか……口が悪いところがございます。でも映画の話をなさる時は目をキラキラさせて、本当の姿を見せてくださいます。そういうところをお客様に知って頂きたいのです」

急に日本語が分からなくなっちまったぞ。中村はなにを言ってるんだ？

泰久は「俺の本当の姿ってなんだよ」と尋ね、「本当もへったくれもないんだ。俺は見た通りの男だ」と続けた。

中村は「またまた」と言って微笑《ほほえ》んだ。

笑うところじゃないっての。

中村が真剣な表情をした。「光男さんは、残される泰久さんのことを、心配していたんだと思うんです。お二人は仲のいいお友達でしたから。光男さんが泰久さんに銀ちゃんを託したのも、信頼出来る人にという思いはあったでしょうが、一人になる泰久さんが、寂しくないようにといううお気持ちもあったからじゃないですか？　わたくしも泰久さんを心配しております。お客様との関わり合いを増やそうとしているのは、それによって泰久さんの寂しさを、少しでも薄められたらと思うからでございます」

「……余計な……お世話だ」と泰久は言った。

「はい。わたくしは余計なお世話をする気満々でございます」

そう言って中村はまた小さく笑った。

6

泰久は店の灯りを点けた。

その刹那《せつな》、パッと店が目覚める。

この目覚めの瞬間に立ち会うのが、泰久は嫌いではなかった。

遅番のスタッフによって、椅子はすべてテーブルに逆さの状態で置かれている。

床を柄《え》の長い箒《ほうき》で掃き始めた。紙ナプキンやストローが入っていた紙袋、ヘアピンなどを塵《ちり》取りに集めていく。

八十平米の店内には十五卓のテーブルがあった。

取りこぼしがないように、腰を屈《かが》めてテーブルの下に箒を差し込み念入りに掃く。次にモップを濡らし力を入れて床を擦《こす》った。押して引いてを繰り返す。

拭き終わった時、壁の窪みのスペースに目が留まった。

〈ここにある三つのヒントから連想される、映画のタイトルを当ててください〉と書かれたポップが置かれていた。

〈一番早く正解した方に、お好きなコーヒーを一杯無料で差し上げます〉ともあった。

昨日中村がやって来て、置いていったものだ。

中村に押し切られて、この場所を使ってクイズをすることになった。やたら礼儀正しい言葉遣いをする女なのだが、押しが強いのだ。中村の提案を何度も却下するのが面倒になって、好きにしろと言ったら、本当に好きにしやがった。ま、どうせクイズを始めたことなんて、誰も気が付かないだろうから、こっちは構わないが。

中村から映画を一つ決めて、その映画を答えて貰うためのヒントを三つ出せと言われた。泰久が三つを挙げると、中村はどこからかそのミニチュアを調達してきた。

凧《たこ》と木製の橇《そり》と、上部が黄色で下部がオレンジ色のバスが並んでいる。

バスは泰久が言った通りの物がなかったので、黄色のバスを買い、中村自身で下部をオレンジ色に塗り替えたという。

誰も興味ないだろうに、こんなもの。なにが「泰久さんの寂しさを、少しでも薄められたら」だ。薄まらねぇよ。まったく。余計な世話を焼きたがる女だ。

水拭きを終えた泰久はトイレの掃除に移った。便器を使い捨てのトイレブラシで擦る。それから除菌シートで、タンク回りや洗浄ハンドルを拭いた。

二十年も使っているというトイレはいかにも古めかしい。店内の古めかしさはレトロということに出来るが、トイレだけはリフォームした方がいいと、事あるごとにオーナーに進言しているが、毎度シカトされている。

トイレ掃除を終えると、椅子をテーブルから下ろしていく。

それが済むとテーブルの拭き掃除を始めた。

ドンドン。

裏口のドアをノックする音が聞こえてきた。

泰久は納品に来たパン店のスタッフから、パンを受け取った。パンを厨房に置きテーブルの拭き掃除に戻る。

次にカウンターテーブルに取り掛かる。

こげ茶のカウンターテーブルには、色が薄くなっている箇所や、傷があった。

開店準備をすべて済ませると、店のドアに〈営業中〉と記された札を掛けた。

厨房の作業台に置いてあったコーヒーカップを手に取った。首から下げている老眼鏡を鼻に載せて、じっくりとカップを見つめる。

あぁ、ここか。

縁《ふち》が一ミリくらい欠けていた。

カップの横には遅番スタッフの残したメモがあった。

「洗っている時に指が引っ掛かって欠けに気付きました。いつからなのか、自分がやってしまったのか、お客さんのせいなのかは分かりません」と書いてあった。

『街の灯』では客の雰囲気に合わせてカップを選び、それとセットのソーサーに載せてコーヒーを出す。

厨房の背後の棚には、五十種類ほどのカップとソーサーが並んでいた。オーナー夫人が好きで集めたようで、中にはアンティークの物もあった。

泰久は欠けたカップを古新聞でそっと包む。

紙袋に入れると厨房の奥の小部屋に運んだ。そして自分のロッカーの中に仕舞った。持ち帰って自宅で金つぎをするつもりだ。

オーナーが店で働いていた頃は、カップが欠けたり割れたりすると、金つぎをしてくれる業者に依頼をしていた。戻ってくるまでに何週間も掛かるのが嫌だったのだろう。オーナーが言い出した。「金つぎをやってくれたら、三森君に作業代を支払うよ」と。断っても良かったのだが、泰久は気まぐれを起こしてやってみますよと言った。

図書館で本を借りて勉強してみたら、結構な手間暇が掛かると分かって、請け負ったことを後悔した。だが取り敢えずやってみた。完成した時、嬉《うれ》しさのようなものが湧き上がって来てちょっと驚いた。それから泰久は金つぎ担当になった。

繰り返し金つぎをするうちに、割れた食器に自分を重ね合わせるようになった。人生を失敗してしまった自分は、割れたカップと同じようなものだったから。くっつけても傷は消えないしむしろ目立っている。一度割れたということは一目で分かってしまう。それでもまた使い、それまでと同じ役目を果たさせるのが金つぎだ。金つぎをして修復した食器は、傷だらけでなんとかやっている自分を見るようで、大切にしたくなる。

そんな埒《らち》もない話を店で光男にしたことがある。

すると光男はしげしげとカップを見つめてから言った。「真《ま》っ新《さら》なのより、俺は金つぎしてある方が好きだな」と。

そして「ちょっと味わいがあるじゃないか、こっちの方が」と続けた。

光男の何気ない言葉は、泰久の胸に沁《し》みた。

客が一人、二人とやって来た。

泰久はパンをトーストしコーヒーを淹《い》れた。

午前十一時に隆司が出勤してきた。

「お早うございます」と言った後でふわっと欠伸《あくび》をする。

泰久は尋ねた。「また朝まで描いてたのか？」

「はい」と頷いた。

漫画家を目指している隆司は二十三歳で、バイトで生活費を稼ぎながら深夜に漫画を描いている。そのせいでいつも眠そうだった。夢中になると食べるのを忘れる男で、ひょろっとしている。

一時間ほどで満席になった。

泰久が食器を洗いながらふと顔を上げると、男性客が壁の窪みの前でじっとポップを見つめていた。

学生だろうか。グレーのセーターにジーンズを穿《は》いている。

男はスマホでヒントを撮影すると壁から離れた。そしてトイレに入った。

洗い物を終えた泰久はレアチーズケーキを作り始めた。ボウルにクリームチーズを入れてへらで練る。

根気よく練り続けて滑らかになったところで、手を止めた。そこに砂糖を加える。

ハンドミキサーのプラグをコンセントに差し込んだ時、さっきスマホでヒントを撮影していた男が、レジの前に立った。

隆司は客のグラスに水を注《つ》ぎ足していたので、泰久はエプロンで手を拭きレジ前に移動した。

電子マネーでの支払いを終えると男は言った。「正解者がなかなか出なかったら、ヒントが増えたりしますか？」

訳が分からなくて「えっと、なに？」と尋ねた。

男は店の奥を指差して「あれです。クイズです」と言った。

「あぁ、あれのことか。正解者が出なかったら……出ないとは思ってなかったから、ヒントを増やすかどうか考えてなかったな。結構簡単だろ？」

男が目を剝く。「簡単じゃないですよ。僕、結構映画観てる方だと思うんですけど、分かりませんでした。凧があったから『君のためなら千回でも』かなと思ったんですけど、違いますよね？」

「違う」

「やっぱり。『君のためなら千回でも』は好きな映画なんです。だから結構細かいところまで覚えていると思ってて、橇やバスが出てくるシーンはなかったって、分かってはいたんですけど」

ぼそっと言う。「あれはいい映画だ。少年二人の友情が切ない」

目を輝かせた。「ですよね。この友情がずっと続くといいなと思いながら観てるんですけど、きっとそうはいかないんだろうなって、分かってる自分もいる、みたいな」

「二人の人生が離れて、またそれが違う形で近付くんだが、その時には痛みが伴っているからな」

男が何度も大きく頷いた。「そこがあの映画のキモですよね。なんだ、ここ、やっぱり映画の話が出来るお店だったんですね。『街の灯』という店名だから、もしかしてと思ってこの間入ったんですけど、映画のポスター一枚貼ってる訳じゃないし、店名だけなんだって思って、ちょっとがっかりしたんですよ。でもピザトーストが美味《おい》しかったから、今日また来たんですけど、映画の難しいクイズがあるから、楽しくなっちゃいました。店長さんと映画の話をしても良さそうだし。また来ます。下宿先がこの近くなんで。出来れば正解をもって」

男はペラペラと喋《しゃべ》った後で「それじゃ」と言ってドアを開けた。

泰久は「有り難うございました」と声を掛けて見送った。

7

タウン雑誌のライター、花井千結《はないちゆ》が聞く。「こちらのお店のお勧めポイントはなんですか？」

カウンター席に座る郵便局員、杉本孝昌《すぎもとたかあき》が手を挙げた。

花井が「どうぞ」と発言を促す。

孝昌が「コーヒーが旨《うま》いところです」と答えた。

隣席の眼鏡《めがね》店店主、林正秀《はやしまさひで》が「そんなの、当たり前だろ」と指摘した。

孝昌がムキになって言う。「だけどさ、喫茶店っつったって、酷いコーヒーを出す店は多いよ」花井に向けて「ここはちゃんと旨いんですよ」と訴えた。

花井が頷きながらノートに書き付ける。

タウン雑誌からこの地域の特集をするので、『街の灯』を取材したいと連絡が入ったのは先週だった。その電話を受けた時、店に中村がいた。中村は「それではお店のことを語れる人を揃えなくては」と言った。「なんでだよ」と泰久が尋ねると、「いつもの調子で泰久さんにお話をされてしまいますと、取材者に悪い印象を与えてしまいかねません。そうなればいい記事にはして頂けないでしょう」と答えた。それから勝手に常連たちに連絡を取って皆を集めた。そして今、彼らはカウンター席に陣取っている。

正秀が言う。「ピザトーストが旨い店です。違うな。ピザトーストも旨い店です」

今度は孝昌が「トーストは商店街のパン屋で売ってるパンなんだぞ。ウリとしちゃ弱いよ」と指摘した。

大学生の長谷川烈央《はせがわれお》がゆっくりと手を挙げた。

ヒントを見て『君のためなら千回でも』ではないかと言ってきた青年だった。あれ以来時々店に姿を現すようになっている。

花井が烈央に「どうぞ」と言った。

「お勧めポイントは店長さんと映画の話が出来ることです」と、烈央。

孝昌と正秀が「それだ、それ」と言って大きく頷いた。

烈央が説明する。「店の奥にコーナーがありまして、そこに映画のクイズが出されるんです。ヒントが三つあって、そこから導き出される映画のタイトルを当てるクイズで、一番早く正解すると、好きなコーヒーを一杯タダで飲めるんです。でも一回目の『ぼくの名前はズッキーニ』を誰も当てられなかったし、二回目も、今の三回目も正解者が出てないぐらいで、難し過ぎるんです。もうちょっと分かり易《やす》いヒントにして欲しいと、個人的には思ってるんですけど、とにかく店長さんと、映画の話が出来るのがお勧めポイントで、僕はそれを楽しみにここに来ています。僕、大学生で、周りに映画を観てるっていうのが結構いるんですけど、そうはいっても、最近の話題になった映画だけなんですよ。でも店長さんは昔の映画とか、マイナーだけどいい作品をたくさん知っていて、話を聞いて、その映画を借りて観たりして、その感想を言いにここに来たりって感じなんです」

正秀が言った。「俺もさ、この店に何年も通ってるんだけど、店長と話すことなんてなかったんだよ。顔が怖いしさ、ちょっと人を寄せ付けない雰囲気があるからね。それが急にクイズなんかをやり始めちゃって驚いたんだけど、俺も映画を割と観る方なんだよ。それで話し掛けたんだ。クイズの答えをさ。ま、それは外れだったんだけど、それがきっかけっつうか映画の話をするようになって、そうしたら見た目ほど怖い人じゃないと分かったんだよ」

「そうそう」と孝昌が同調し「わたしも同じ」と告げた。

なにをペチャクチャと。大体客が取材に答えるっておかしくないのか？　花井が真面目な顔でメモを取ってるのだって変だって。

泰久がカウンターの端に座る中村に目を向けると、ニヤニヤしていた。

あんたのせいで最近は周りが賑《にぎ》やかになってるんだがな。

泰久と目が合うと、中村はにっこりとした。

厨房で泰久の横に立つバイトの隆司が手を挙げた。

そして花井に促されて口を開いた。「店長手作りのレアチーズケーキが旨いっていうのは、書いて欲しいんですけど大丈夫ですか？」

正秀が「女の人が結構注文するよな？」と隆司に確認した後で、花井に向けて「女性に大人気の手作りチーズケーキと書いてください」と注文を出した。

すると孝昌が「レアチーズケーキです。レアね」と花井に言った。

結局質問にはすべて客らが答えた。営業時間や定休日についての質問まで。

最後に店長の写真を撮りたいと花井が言い出すと、客たちが一斉に渋い表情になった。泰久の怖い顔が掲載されたら客が来ないというのだ。

花井が来店してから初めて泰久は口を開く。「この人たちがコーヒーを飲んでいるところの写真にしてくれ」と。

すると孝昌が慌て出した。郵便局の仕事をサボってここに来ていることが、バレるというのだ。花井が撮影日については記載しないので、日曜日だということにしたらどうでしょうと言うと、孝昌はそれで安心したようだった。

カウンター席に並ぶ四人を花井のカメラが狙う。

四人ともやや緊張した面持ちでカメラを見つめていたが、何枚か撮られるうちに肩の力が抜けたのか、酒の入ったグラスで乾杯する時のように、コーヒーカップを持ち上げて見せるほどの、余裕を出すようになった。

居酒屋じゃないっての。

花井が帰ったのは三時過ぎだった。

カウンター席の客たちは皆、雑誌の発売日を自身のスマホのスケジュールアプリに入力し、どんな記事になるか楽しみだと言って帰って行った。

泰久は午後六時になると、遅番のスタッフに任せて店を出た。

湿った空気が全身に纏《まと》わりついてくる。雨が降りそうだった。

スーパーで買い物をしてからアパートに戻った。

玄関ドアを開けると銀次郎が「オカエリー」と声を上げた。

「ただいま」と言いながら靴を脱ぐ。

銀次郎がケージを下りて畳をゆっくり歩いて来た。

銀次郎は飛ばない。移動する時は歩く。

泰久は尋ねる。「今日はビワを買ってきたぞ。食うか?」

銀次郎は台所の真ん中で立ち止まり、首を九十度倒して泰久を見上げる。

だがなにも言わない。

腹は減っていないようなので、泰久は自分の食事の準備を始めた。

作り置きのおかずを皿によそっている時、銀次郎が言い出した。

「ギンチャンハ　カシコイネ」

「自分で言ってんのかよ」

「ヤッチャン　トモダチデ　イテクレテ　アリガト」

手が止まった。「お前、今なんて言った？」

銀次郎は体を左右に揺らすだけでなにも答えない。

泰久はじっと銀次郎を見つめる。

少しして銀次郎が声を上げた。「ヤッチャン　トモダチデ　イテクレテ　アリガト」

泰久は手を持ち上げた。そして自分の目許《めもと》を押さえた。

光男のやつ、銀次郎にそんな言葉を覚えさせて。俺がいつか聞くように教えたのか？　それともお前の独り言を銀次郎が覚えたのか？　どっちだっていいが……こっちこそ有り難うだよ。

銀次郎が言う。「ヤッチャン　ダイジョウブダヨ」

あぁ、そうだな。俺は大丈夫だ。世話が掛かる銀次郎がいるし、客に絡《から》まれるようになったし。どっちも嫌じゃないんだ。分かるだろ、光男なら。大丈夫だよ、俺は。泰久は心の中で光男に告げた。

泰久は指で涙を拭うとふうっと息を吐いた。

それからおかずと白飯を盆に載せて居間に運んだ。

その後ろを銀次郎が付いて歩く。

泰久が卓袱台の前に胡坐《あぐら》を搔くと、その隣に銀次郎が陣取った。銀次郎は泰久の食事中にはいつも横にいたがる。

その時、ドドンと大きな音がした。

雷だった。

途端に銀次郎が羽を大きく広げてバタバタとさせる。そして「ピカピカ」と大声で言いながらその場で一周した。それから泰久の太腿《ふともも》に突撃した。太腿にぶつかると、その勢いのままジャンプをして太腿を乗り越えた。そうやって泰久の股の間に収まると「ピカピカ」とまた声を上げる。

ドドンと再び雷の音がした。

銀次郎は泰久の股の間で蹲《うずくま》った。

泰久は声を掛ける。「大丈夫だ。雷はお前に悪さはしねぇから。雷が収まるまで、そこにいりゃいいさ」

泰久は銀次郎の背に手を当てた。その背をゆっくり撫《な》でた。

そして言う。

大丈夫だ、お前は。大丈夫だ、俺たちは。

泰久は銀次郎の背を撫で続けた。

最終話　ちょい置きでカオスになった部屋

1

タクシーを降りた。そして浅田千栄《あさだちえ》は自宅マンションを見上げた。

ここに帰って来た。今回はわたしの勝ちだ。

両腕を素早く身体《からだ》に引き寄せて、その拳《こぶし》にぐっと力を入れる。

よっしゃ。

元気良く振り返った。

支払いを済ませた高坂重里《たかさかしげさと》が、タクシーを降りるところだった。大きめのバッグを両手に一つずつ提《さ》げていた。

その中には千栄が病院に持ち込んだ物が入っている。手術を受けた千栄は一ヵ月に及ぶ入院生活から、今日無事に帰還したのだ。

陽射しが眩《まぶ》しくて、千栄は手で目の上に庇《ひさし》を作った。

このマンションを後にしたのは夏が始まる前だった。千栄が病院で過ごしている間に季節は進んでいた。

隣に立った重里が、千栄の顔を覗《のぞ》き込む。「眩しい？」

頷《うなず》いた。「眩しい。外はこんなに夏だったんだね。一ヵ月隔離されていたから分からなかったよ。わたしにとっては突然の夏だからちょっと刺激が強い」

「なら、早くマンションの中に入ろう」

そう言って重里が歩き出す。

その丸っこい背中を千栄は眺めた。

カーキ色のTシャツの背中には汗染みが出来ている。

千栄はデブが好きだった。子どもの頃から好きになる人はいつも小太りだった。重里は身長百七十センチで八十キロの、理想的な小太りだった。千栄より十歳下の四十二歳だ。

千栄が暮らしていたこのマンションに、重里が転がり込んできたのは十年前だった。それからずっと同居生活が続いている。

重里が足を止めて振り返った。

不思議そうな表情を浮かべている。

千栄は手庇を下ろして大股で重里に近付いた。それから並んでマンションの中に入った。

千栄が六〇二号室のドアを開けると、すっと冷たい空気を感じた。

重里は小太り故に暑がりで、他のことは忘れても、エアコンの冷房予約設定だけは忘れない。

狭い廊下を進みリビングに足を踏み入れた。

あぁ……なんて散らかってるんだろう。

物が増える度に棚やケースを買って、そこに収納するようにしてきたが、どこも容量をオーバーしている。入りきらなかった物が、部屋のあちこちにちょい置きしてあった。千栄と重里は、このちょい置きする場所を見つける天才だった。またその場所を忘れる天才でもあった。だから爪切りや鋏《はさみ》などは、必要になった時に毎度探し回ることになった。そして大抵とんでもない場所で発見する。中には見つけられない場合もあった。風邪薬は何故《なぜ》かいつも発見出来ないで終わる。絶対に飲み残しがあったはずだから、どこかにちょい置きしたはずなのに、いつもその場所を突き止められず、新たに買う羽目になった。

元々一人で暮らすつもりで選んだ部屋なので、二人で住むには手狭だというのもある。2LDKの五十平米。ひと部屋は千栄の仕事部屋で、もうひと部屋は二人の寝室として使っている。重里の個室はない。だからリビングには重里の物が結構あった。

重里が尋ねた。「なんか飲む？」

「今はいい。少し横になるよ」

「分かった」

「今日は迎えに来てくれて有り難う。仕事休ませちゃってごめん」

重里は、彼の叔母がやっている婦人服の激安店で働いている。

重里が言う。「いいんだよ。夕飯だけど、肉野菜うどんでいい？」

「いいね。肉野菜うどんでお願いします」と言うと、千栄はリビングを出て廊下に戻った。

寝室のドアノブに手を掛けたが、気が変わってくるりと身体の向きを変えた。向かいの仕事部屋のドアを開ける。

なんか……ちょっと……違う。

六畳の部屋を見回した。

入院前と変わったところはない。小さな窓が一つ。その下にデスクと椅子。デスクにはパソコンが置かれていて、椅子には黄色の座布団が敷いてある。デスク横には、プリンターとスキャナーの載ったラックが設置されている。棚には本や雑誌が並んでいた。

千栄は椅子に腰掛け、もう一度部屋を見回す。

一ヵ月前と同じ場所に同じ物があった。一ミリも動いていないという確信はある。それなのに、それまでとは違っているとの感覚が拭《ぬぐ》えない。空気が穏やかになったような……一枚フィルターを掛けて見ているような……。

中学一年生の時に新聞記者に憧れた。ペンの力で諸悪に勝つ。そういう映画を観たのだ。ペンの力で不正を暴けば世論が動き、国を、世界を変えられる。そう信じた。それから新聞記者になるのが唯一の望みとなった。だが新聞社の採用試験に合格出来なかった。仕方がないので劇団を立ち上げた。社会問題に真正面から向き合う作品を上演する劇団だ。千栄の担当は脚本と演出だった。劇団の運営を、軌道に乗せるまでのつもりで始めたバイト生活だったが、三十年経《た》った現在もバイトをしている。

新作の脚本をこの部屋で書く時、千栄はいつも一発当てようと思っている。博打《ばくち》だ。客がいいと判断するか、駄作と判断するか。毎回博打を打っている。劇評の専門サイトでの評価平均が、星四つ以上だったら千栄の勝ち。三つは引き分け。二つ以下なら千栄の負けとしている。残念ながら勝率は高くなかった。

勝敗を決める要素は色々あるが、大きなウエイトを占めるのはなんといっても脚本だ。その脚本を生み出すのがこの部屋だった。

この部屋に入った途端、ゴングが鳴る。実際は鳴らないが千栄の耳には聞こえる。それを合図に千栄の闘争心に火が点《つ》き「よっしゃ、いっちょやったろうじゃないの」といった気分になるのだ。

でも今そんな気持ちは全く起こらず、ここはただの部屋になっている。尻がチリチリするような感覚もしないし。どうしちゃったんだろう。病み上がりだから？　まだ本来のわたしに戻ってないから？　多分そう。何日かしたら気力も体力も復活する。そうしたらこの部屋の違和感も消えるだろう。

千栄はすっくと立ち上がり仕事部屋を出た。

2

当たりだったよ、この人。

千栄は大満足で中村真穂に「凄《すご》いよ。最高」と声を掛けて親指を立てて見せた。

真穂が言う。「ご満足頂けたようでほっと致しました」

千栄はネットで見つけた整理収納アドバイザーに、リビングの片付けを依頼することにした。真穂に対する口コミ評価の点数は高かったが、プロフィール写真を見て躊躇《ちゅうちょ》した。巻き髪にカチューシャを着けて微笑《ほほえ》む姿は、保守派の政治家の妻といった感じで、なんかムカついたから。外見に引っ掛かりはしたものの、この人は大丈夫だとの勘が働いたので頼むことにした。何度かの打ち合わせを経て今日が本番と決まった。

退院して日が浅いので、体力を使う作業は出来ないと事前に話してあり、今日千栄がやったのは捨てるか、捨てないかの判断だけだった。物の移動も、袋に入れた処分品を、一階のゴミ集積所に運ぶこともすべて、真穂が一人でやってくれた。

千栄はスマホを摑《つか》んだ。そしてすっきりと片付いたリビングを撮影する。左隅に新たに作った重里専用のコーナーも写真に撮った。

撮り鉄の重里は鉄道写真を撮るために全国各地に行く。そこで写真を撮るだけでなく、鉄道にまつわるグッズを買ってくる。そうした物がリビングのあちこちに散らばっていた。これらを一ヵ所にまとめたのだ。

このコーナーを作るために、今日まずはリビングにある物の全部出しからスタートした。ブルーシートには様々な物が並んだ。その半分ほどが不用品だった。動かない時計、壊れたアイロン、菓子折りに入っていたリーフレット、雑誌の付録のバッグ……。なんで捨てずに取っておいたのか、我ながら理解出来ない物ばかりだった。風邪薬もたくさん出てきた。なにかの下や、奥や、隙間から。でもそれでもすべてではないだろう。きっと他の場所にまだ隠れているはずだ。

千栄は言う。「あなたのお蔭《かげ》で彼のコーナーを作ることが出来たよ。彼も喜んでくれるといいんだけど」

「旦那様を大切に思っていらっしゃるんですね」

大切？　まぁ、そうかも。

千栄は重里が働く婦人服の激安店の客だった。公演で役者が着る衣装をよく買いに行っていたのだ。店はいつも混んでいた。そしてアイテム別や、サイズ別に並べるといった配慮はされていない店なので、片っ端から見ていくしかなかった。

ある日、一着のワンピースを見つけた。役柄にドンピシャな物を。だが双子の設定だったため、全く同じデザインの色違いも必要だった。何万着もある陳列商品の中から探すのかと思ったら、ため息が漏れた。

すると「お困りですか？」と背後から声を掛けられた。重里だった。

事情を説明して色違いの物が欲しいと言うと、即座にそれの色違いはないと言い切った。あまりに即答だったので適当なことを言って早々に諦めさせて、他の物を買わせようとする魂胆《こんたん》ではないかと疑った。

半信半疑でいた千栄に向かって、重里はきっぱりと言った。「仕入れは自分が担当しているのでなにを仕入れたか、仕入れなかったかは分かっています。それの色違いは仕入れませんでした」と。

そして明日仕入れに行く予定だから、見つけたら連絡しますよとも言った。それで千栄は連絡先を教えた。

翌日、見つけましたと重里から連絡が入った。そこにはワンピースの写真が添付されていた。その背景には大量の服が写っていた。床に積み上げられた、大量の服の山がいくつも見えた。たまたま発見したのではなく、そんな大量の服の中から、わざわざ探してくれたように思われて、申し訳ない気持ちになった。

千栄はお礼のつもりで、主宰する劇団の公演チケットを渡した。重里は初日に小さな花束を持ってやって来た。

わたしは出演しないと言ってあったのに。

それがきっかけで付き合い始めた。

二ヵ月後に、重里が借りていたマンションのエアコンが壊れた。エアコンが直るまでの間だけ、千栄のマンションで暮らすという話だったはずなのだが、重里は居着いてしまった。

稼ぎが少ない千栄にとって、家賃を半分払って貰《もら》えるのは正直とても助かるので、追い出しはせず同居を続けズルズルと十年が経った。

千栄が再検査の結果を聞きに病院に行った際にも、重里が同行してくれた。医者から説明を受けて診察室を出ると、重里はベンチにへなへなと座り込んだ。そして泣き出した。千栄だってショックを受けていたのに、重里があまりにさめざめと泣くものだから、慰める側に回るしかなくなった。

それから重里は本を買い集めて病気の勉強をした。次に医者の前に並んで座った時には、専門的と思われるような質問を、いくつもするまでになっていた。

いいヤツなのだ、重里は。

個室をあげたいところだが、それが出来ないので、リビングに専用のコーナーを作ることにした。

真穂が聞く。「旦那様は鉄道の写真を撮るのがご趣味とのことですが、千栄様のご趣味は？」

「ご趣味なんてない。バイトしながら舞台の脚本を書く生活なの。ずっとね。だからご趣味を見つける時間なんてなかったのよ」

毎日生きるのに精一杯だったもの。一発当ててこんな生活から抜け出してやると言い続けて、三十年経っちゃった。これからもこの生活を続けるのかな……というか、続けられるのかな。手術は成功したと言われたけど、再発するかもしれない。わたしの持ち時間はそんなに残っていないかもしれない。だとしたら、これまでのような生活に戻っていいのか……。他に考えがあるって訳じゃないんだけど。

真穂が言う。「脚本家の方でしたら、今回の手術や入院といったご経験を、作品に活かされたりなさるのでしょうか？」

「それはない。わたしは社会問題をテーマにしているの。だから個人の、そういうのは書かないのよ。真穂さんは芝居を観たりする？」

「はい」と深く頷いた。「宝塚を観劇するのがわたくしの趣味でございます」

「あぁ。そんな感じよねぇ。いや、雰囲気が。特に深い意味はないけど。宝塚は関西と関東に劇場をもっていて、毎日公演していて、いつも満席なんでしょ？　羨《うらや》ましい。すっごく」

真穂に作業料金を支払い領収書を受け取った。

真穂は使い心地などを確認するため、一ヵ月後に再訪すると言って帰って行った。

すっきりと片付いたリビングと、新コーナーの写真を重里に送ろうか……いや、実際に見た瞬間の驚く顔が見たいから、送るのは止《や》めておこう。

その時、スマホにメッセージが入った音がした。

重里からで「夕食どうする？」と書かれていた。

デブだけに常に次の食事を気にしている。

千栄は冷蔵庫の中身をチェックしてから「今日はわたしが作るよ」と入力して送った。

それから冷凍室の鮭《さけ》を冷蔵室に移した。

ずっと肉が好きだったのだが、退院してからは魚の方が好きになった。手術で肉好きの魂も取られてしまったのかもしれない。いろんなことが変わるものだ。手術の前と後では。

ぼんやりと冷蔵庫の扉に貼られた、宅配ピザのメニューを眺めた。

3

劇団の事務方をしている山本智子《やまもとともこ》が尋ねた。「脚本はどんな感じ？」

「まぁ、頑張ってるよ」と千栄は嘘《うそ》を吐《つ》く。

嘘がバレないよう智子から目を逸らし、グラスの中のストローを上下させてみたりする。

二人は千栄の自宅近くにあるコーヒーチェーン店にいた。

平日の昼間だったが、夏休み中ということもあって十代の子たちで店は混んでいた。窓越しに外を歩く人たちが見える。皆が一様に険しい表情を浮かべて、店の前を行き交っている。

うんざりするような猛暑が連日続いていた。

智子が確認する。「分かってると思うけど公演まで半年を切ってるからね。退院したばかりの人を急《せ》かすのは不本意なんだけど、脚本がないことにはなにも進められないからさ」

「分かってる」

分かっているけど……全く書けないんだもん。ひと文字も。こんなの初めてだから自分でもちょっと驚いている。これまでは書きたいことがたくさんあって、その中からどれを選ぶか、芝居という形にどう落とし込むかで悩んだ。でも今は違う。書きたいことが消えてしまった。だけど、そんなこと……言えないし。劇団の立ち上げの時から、ずっと支えてくれている智子には。

智子がいなかったら、とっくの昔に劇団は空中分解していた。そういう人だから、余計に。

「そう言えば」と智子が口を開く。「敬一郎《けいいちろう》君にばったり会ったのよ、ホテルのラウンジで」

驚いて言った。「そうなの？」

「そうなのよ。すっかり白髪《しらが》になっててさぁ、オジサンになってた」

「へぇ」

「ちょっと話をしたんだけど、会社を早期退職して起業したって。ＡＩがなんとかかんとかする会社って言ってたけど、私にはさっぱりだった」と言って笑った。

敬一郎は千栄と智子と同じ大学の同期だった。大学二年の時に千栄と敬一郎は交際を始め、二十八歳の時に結婚式を挙げることになった。

だが結婚式の一週間前になって、突然敬一郎がやっぱり結婚は止めたいと言い出した。

「はぁ？」と聞き返した千栄の声は、隣近所に聞こえそうなほどの大きさだった。

他に好きな人がいたのだがその人からはフラれたので、千栄との結婚を決めた。だがどうしても彼女を忘れられなくて、その思いをもう一度伝えたら、付き合ってもいいと言われた。だから結婚はなしにして欲しいと、敬一郎はほざきやがった。

二回殺してやりたかった。

式に出席するため上京予定だった両親、兄姉《きょうだい》、親戚に電話をして中止になったことを話した。自分と同じように怒って貰っても、慰められても、心は晴れなかった。惨《みじ》めだった。

敬一郎は翌年、その女と結婚式を挙げた。だが五年後に離婚した。

その話を聞いた日に飲んだビールの美味《おい》しかったことといったらなかった。

智子が言う。「一応言っておくけど独身なんだって。再婚はしなかったんだね」

「そうなんだ」

なんか……ざまぁみろとも思わない。あっそ、といった程度。選ばれなかった痛みは、とっくの昔に消えていたからだろうな。当時は口惜《くや》しくて、哀《かな》しくて、人生が終わったと思ったけど、そんなことは全然なかったし。

歓声が上がり千栄は顔を右に向けた。

高校生らしき四人の女の子たちが大騒ぎをしている。

千栄は彼女たちから視線を外して、ストローに口を付けた。

「なんか、千栄、変わったね」と、智子。

「えっ？」

「ああいう子たちを見掛けると舌打ちしていたのに、そういうこともしないし、そんな、コーヒーに色んなものを載せたのまで飲んでるし」

「………」

「せっかくの美味しいコーヒーに、甘い物をごちゃごちゃ加える意味が、分からんと言ってた癖に」

「そうだったっけ？」と千栄は惚《とぼ》ける。

「ま、変わってもいいんだけどさ。で、体調はどうなの？」

「大分いいよ。ほとんど前と同じ生活っていうか、どっちかっていうと前より健康的な生活を送ってるしね。薄味にしたり、野菜をたくさん摂《と》るようにしたり。お酒も飲んでないし。医者からはほどほどならばオッケーと言われてたから、ちょっとなら飲んでも大丈夫なんだけど、なんだか飲む気がしなくてね。重里もわたしに付き合ってお酒を飲まなくなって、我が家のアルコールが全然消費されなくなった」

「優しい彼がいて幸せだね、千栄は。警備員のバイトは？　再開したの？」

「まだ。人手不足らしくって、いつでもいいから戻って来てくれと言われてるんだけど、どうしようかなって思ってる。これまでのバイトの中では結構気に入ってる方だったんだけど、もう少し体力を使わないものにしようかなって」

さっさと働き出さないのは、銀行口座に預金があるせいかも。去年両親の遺産を貰ったのだ。兄と姉と千栄で三等分した遺産は、そこそこの金額だった。更に不安定な生活を送る千栄を見かねた兄と姉が、自分たちの相続分から一部を振り込んでくれた。こうして得た金のお蔭で勤労意欲が湧かなくても、生活には困らないのだ。しばらくの間は、だけど。

兄と姉からは手術の前日にも現金を貰った。二人はなにくれとなく現金をくれる。バイト生活の妹を心配しているのだ。

地元で兄は公務員を、姉は教師をしている。千栄以外の親族全員が公務員か教師だった。そういう家系だった。千栄は親族たちからは呆《あき》れられているが、兄と姉は何故か好きなことをやれと言って、ずっと応援してくれている。

「そうそう」と智子が言い出した。「坂口遥加《さかぐちはるか》にオファーが入って、テレビドラマが決まりそうなのよ」

遥加はうちの劇団に入って五年目の役者だった。

千栄は「そうなんだ」と相槌《あいづち》を打つ。

「主人公が働く会社の先輩役。出番はそんなにないし、台詞《せりふ》も多くないけど、遥加がやりたがってるから」

「決まるといいね」

千栄の顔を覗き込みながら「で？」と聞く。

「で？　ってなに？」

「決まるといいねの後の言葉を待ってるんだけど」

「続きはないよ」

目を丸くする。「決まるといいねで終わりなの？　マジで？　やっぱり千栄は変わったね。これまでだったら、テレビドラマに出たいなんて言うヤツは役者とは認めん、とか何とか言ってたのに。それから芝居とはっていう演劇論をぶっていうのが、いつものパターンだったのに」

そうだったかも。

千栄は苦笑して窓外に目を向ける。

右手で日傘を差して左腕にチワワを抱えた女が、窓の前をゆっくり歩いている。

そのチワワは真っ赤な舌をだらりと出していた。

4

「ハンコ、いる？」と千栄は尋ねた。

「いりません」と答えた男性配達員は、額にたくさんの玉の汗を浮かべていた。

「暑い中、大変ね」と声を掛ける。

配達員は「仕事ですから」と言うとくるりと踵《きびす》を返した。そして共用廊下を走り去った。二十代ぐらいだろうか。最近ああいう肉体労働者を見ると、生き物として強いなと感じる。

千栄は玄関ドアを施錠すると、受け取った小ぶりの段ボール箱を手に廊下を戻った。ダイニングテーブルの上に置き中身を出す。

浴室洗剤とシャンプー、食器用スポンジ。

ドラッグストアは家のすぐ近くにあるのだが、九月になってもまだ外は暑く、買い物に行く気にはなれないのでネット注文している。

段ボール箱を潰していると、バタバタとヘリコプターのプロペラの音が聞こえてきた。千栄がいるマンションの真上を通過して、西方向へ飛んでいく。

そちらの方角にある飛行場に向かっているのだろう。

千栄は仕事部屋に戻り椅子に腰掛ける。

パソコン画面には文書作成ソフトが立ち上がっていた。しかしその白紙画面に文字は一つも表示されていない。

今日はかれこれ二時間、千栄はこの白紙画面を見つめている。昨日も一昨日も一日中眺めていただけだった。脚本のアイデアがなにも浮かばず、文字を入力出来ないのだ。

デスクの上のハイチュウを一つ摘《つ》まんだ。包装紙を剥《は》がして口に放る。顎《あご》をしっかり動かして咀嚼《そしゃく》した。

顎を動かすと脳が働くという情報を、ネットで見つけたので、この三日ほどハイチュウを食べまくっているが、千栄の脳は一向に動き出さない。

口の中で小さくなったハイチュウをごくりと呑《の》み込む。

アイデアが浮かばないうちに、また食べ終わってしまった。

一つ息を吐いてから立ち上がった。棚からファイルを取り出して席に戻る。

このファイルには、劇団のこれまでの公演の資料が保存されている。

最初のポケットには、旗揚げ公演を知らせるチラシが入っていた。

日本人の青年が海外のある国に旅行に行き、そこでクーデターに巻き込まれる話だ。スパイと疑われた青年は、軍の幹部たちから政治思想を問われるが、それまでなにも考えてこなかったので答えられない。考えを述べないことで、青年は更に窮地に陥るという芝居だった。平和ボケした日本人に、活を入れるつもりで書いた。

ゆっくりとポケットを捲《めく》っていく。

閃《ひらめ》きを待つ——。

ダメだ。

パタンとファイルを閉じた。

なんにも浮かばない。ちょっと懐かしくなっただけ。どうしよう。なんとかしようと努力はしている。新聞を読んだり、他の劇団の芝居を観に行ったりした。映画も観たし、書店の中をうろつきもした。だけど……心が動かされない。それでいて変な時に涙が出たりする。

一昨日テレビを点けたらライオンが狩りをしていた。シマウマを倒し、その肉を食べているシーンを見ていたら、涙が出て止まらなくなった。

わたしのメンタルはヤバいのか？

回転椅子を一回転させてから、デスクの引き出しに手を掛けた。中から手鏡を取り出して覗きこんだ。

服用中の薬のせいなのか肌荒れが酷《ひど》い。

気持ちが急激に凹《へこ》む。

ピンポーン。

インターホンの音がして千栄は席を立った。

モニターに映っていたのは真穂だった。

千栄はマンションの正面玄関のドアを開錠する。

少しして再びインターホンの音が鳴ったので、真穂を招き入れた。

リビングを見渡して真穂が尋ねた。「片付けをしてから一ヵ月ですが、使い勝手はいかがでしょうか？」

「問題なし。彼にも確認したけど全然問題ないって」

重里はリビングの一角に、自分の趣味の品を置く場所が出来たことを、滅茶苦茶《めちゃくちゃ》喜んだ。あまりにも幸せそうな顔をしたので、こんなことならもっと前にしてあげれば良かったと、思ったぐらいだった。

千栄は真穂にソファに座るよう促し、キッチンに移動した。

戸棚からハーブティーを取り出す。ティーバッグをカップに入れてポットの湯を注ぐ。

このハーブティーは重里の叔母、好子《よしこ》が退院祝いの席でくれたものだった。その日は好子の婦人服店の近くにある割烹《かっぽう》店で、夕食をご馳走してくれた。

好子は肝が据わった人で、店に強盗が入った時も怯《ひる》まなかった。刃物をちらつかせる覆面男に「あんたに渡す金はない。帰れ」と言い、追い返したという逸話をもつ。

好子は退院祝いの席で「千栄さんが病気だと聞いた時には」と語り始めたのだが、言葉を詰まらせてしまった。そしてぽろりと涙を零《こぼ》した。

千栄は仰天《ぎょうてん》した。同時に気丈なこの人を、泣かせるほど心配させたのだということに気付かされた。

千栄はハーブティーの入ったカップを真穂の前に置いた。

真穂が褒《ほ》める。「リバウンドしていませんね。ご立派です」

「真穂さんの教えを守っているからね。出したら、そこに戻す。それに物の住所を決めたでしょ。それが良かった。欲しい物があった時に探す場所が分かっているから、すぐに見つかる。そのお蔭で生活がシンプルになった感じで快適」親指を立てた。

「そう仰《おっしゃ》って頂けるとわたくしも嬉《うれ》しゅうございます。それではお困りごとはなにもないということでしょうか？」

「お困りごとは……脚本が書けなくなったことぐらいね」苦笑いする。「冗談よ。脚本が書けなくなったっていうのは本当なんだけど、それを真穂さんに解決して貰おうとは思ってないから、安心して」

真穂が真剣な顔をした。「書けなくなったというのは一大事でございます。なにが原因なのでしょうか？」

「さぁねぇ。はっきりしたことは分からないけど、病気がきっかけのような気がしてはいる。病気が分かる前はスラスラとまではいかないけど、問題なく書けてたからね。手術は成功して無事戻ってこられたけど、なにかが変わってしまったみたいで」

なんでこんな話を、整理収納アドバイザーにしてるんだろう、わたし。

真穂が言う。「以前漫画家様のお宅を整理収納したことがございます。その方は恋愛をテーマにした作品を描かれていたそうですが、失恋した途端、なにも描けなくなって困ったと仰っていました」

「失恋をテーマに描いたらいいのに」

深く頷いた。「ご本人も最初はそう思われたそうなんですが、ストーリーが全く浮かばなくなってしまったと、仰っていました。恋愛から離れて、描きたいテーマを探してみたそうですが、興味をもてるものを見つけられないと、悩んでおいででした」

「その人、どうしたの？」

「今日あったことや、聞いた話を、一日の終わりに思い出してカードにメモをしたそうです。一枚のカードに、一つのことを書くようにされたとのことでした。そうしましたところ、あっという間にカードが溜《た》まって、周りにドラマなどないと思っていたけれど、見えていなかっただけで、たくさんの感動的な瞬間が潜んでいたことが分かったと、仰っていました。それらを種にして広げたり、形を変えたりしてストーリーを作ってみたら、また漫画を描けるようになったということでした」

「そんなことで書けるようになるなら、わたしだってやるけど、今日あったことったって、昨日と同じよ。朝食摂って、洗濯して、そんなもんだもん。そこに感動的な瞬間が潜んでるようには、思えないんだけど」と、千栄は疑問を口にする。

「話を聞いて回るというのはいかがでしょう。他の方のお話の中に、ドラマが潜んでいるかもしれませんよ」

「そう……かなぁ」首を捻《ひね》った。

5

千栄はホットサンドに齧《かじ》り付いた。

パンの間からとろけたチーズがポタっと皿に落ちた。

服に落ちたりしないよう、テーブルに上半身を乗り出すようにしてもうひと口食べた。それから一旦ホットサンドを皿に戻し、ストローを銜《くわ》える。アイスコーヒーを吸いながら、向かいの真穂へ目を向けた。

パフスリーブにオーガンジー素材を使った黒いワンピースを着ている。カチューシャ、巻き髪、パールのピアス。

まさしくこれが、宝塚観劇の正装なのかもしれない。それに引きかえわたしは。

自分の服装を確認する。

Tシャツにジーンズだった。Tシャツの胸には〈労働者〉という三文字がプリントされている。

千栄は尋ねる。「こんな格好で来ちゃったんだけど、宝塚劇場に入れるかな?」

「勿論《もちろん》でございます」

「宝塚を観劇するのに、ドレスコードみたいなものはないんだよね?」

「ございません。ご安心くださいませ」と答えた真穂は微笑んだ。

先週、千栄は真穂から連絡を貰った。書けるようになりましたかと聞かれたので、全然書けてないと答えると、新しい刺激が必要なタイミングなのではと言われた。

新しい刺激に心当たりはあるのかと尋ねると、真穂は「ございます」と即答した。そして宝塚劇場へ一緒に行こうと誘われた。

秒で断るべきところだったが、何故か「じゃあ、はい、行きます」と言っていた。一文字も書けなくて藁《わら》にも縋《すが》る思いだったのかも。

それで千栄は真穂と開演の一時間前に待ち合わせをして、劇場近くのセルフスタイルのコーヒーチェーン店でランチを食べているところだった。

昼時の店内は混雑していた。真穂と同じような雰囲気を身にまとった女性客が、何人もいるので、彼女たちも宝塚に行く前の腹ごしらえをしているのかもしれない。

千栄は口を開いた。「今日は誘ってくれて有り難う。整理収納とは全く関係ないのに」

「確かに整理収納とは関係がございませんが、わたくしは宝塚の素晴らしさを一人でも多くの方に知って頂きたいと常日頃思っておりますので、今日は布教活動のようなものでございますから、どうぞお気になさいませんように」

「チケット代は今、渡した方がいい？」

「観劇後で結構でございます」

「それじゃ、後で。宝塚を観るようになって長いの？」

「かれこれ四十年ぐらいになります。宝塚のお蔭で辛《つら》い人生を乗り越えることが出来ましたので、感謝しております」

千栄はふと興味を覚えて尋ねる。「辛い人生だったの？」

「はい」頷いた。「順風満帆《じゅんぷうまんぱん》とは言い難いものでございました。実家は貧しくて、子どもの頃は四畳半に家族五人で住んでおりました。食事にありつけない日も多く、いつもお腹を空《す》かせておりました。わたくしが十二歳の頃に近所の人に誘われて、宝塚劇場に初めて参りました。夢の世界でした。その三時間はお腹が空いていることも、今度いつ食べられるか分からない不安も、すっかり忘れることが出来たのでございます。それからは空腹を感じる度に、宝塚の舞台を思い出すようにしておりました。王子様とお姫様のお話を繰り返し思い出して、現実逃避をしたのです。そうやって空腹に耐えました。

高校を卒業してデパートに就職致しまして、給料を貰えるようになりました。毎日三食食べられる生活を有り難く思いました。同僚と結婚致しまして息子が生まれました。当時その職場には、育児をしながら働くための制度はなかったので退職致しました。息子が二歳の時に、夫が職場の複数の同僚と浮気をしていたことが発覚致しまして、悩みましたが離婚を決めました。ファミレスでウエイトレスとして働きました。深夜から早朝までの勤務をしながら息子を育てました。毎日忙しくて疲れていましたし、投げ遣《や》りになっておりました。時々宝塚劇場に行って現実逃避するのが、唯一の息抜きでございました。宝塚という逃げられる場所がなかったら、今頃わたくしはどうなっていたか。考えるだけで恐ろしいことでございます」

なんか……意外。良家の出で、苦労知らずな人かと思っていた。

千栄はもう一つ質問をした。「整理収納アドバイザーになろうと思ったのはどうしてだったの？」

「十年前に息子から、こんな汚い家にいたくないと言われまして、目が覚めたのでございます。離婚して一人で息子を育てている自分を、可哀想だと思っておりました。それで忙しいのだから、大変なのだから、片付けなんて明日でいいと、自分を甘やかしていたのでございます。『どうせ』という言葉が口癖でした。片付けたってどうせすぐに散らかるのだし、どうせ家に誰かを招く訳でもないしと、言い訳ばかりしておりました。息子の言葉をきっかけに片付けをしようと決心致しましたが、どこから手を付けたらいいのか分かりませんでした。それでまずは、どうしたいのかをはっきりさせようと考えました。誰かを招待出来るようにしたいのか、物を処分したいのか。どちらも違いました。我が家をわたくしと息子が落ち着ける空間にするのが、やりたいことでした。

　こうしたいという目標がはっきりしたところで、実際に始めてみました。その中で気付いたのです。片付けはこれまでの自分を見つめ直し、これからの生き方を考える、とても大事な機会になるということに。捨てるのか、残すのかの判断に迷った時には、その物にまつわる思い出を、どうしたいのかで決めることに致しました。その思い出を物に閉じ込めたいのであれば、残すことに致しました。自分の胸の中に仕舞うだけでいいと思えれば、捨てることに致しました。日用品の買い置きなどの特に思い入れがない物は、これからの生活に必要かどうかで捨てるか、残すかの判断を致しました。そうやって片付けをしましたところ、終わった時には部屋もわたくしの気持ちも、すっきりしておりました。この体験を皆様にして頂きたいと思いました。わたくしと同じようにすっきりして頂きたいと考えたのでございます」

「ちょっと、なんていうか、予想外。読みが外れたって感じ。わたしが勝手に想像していた真穂さんの歴史と全然違った」と正直にコメントした。

「そういえば」と真穂が言い出した。「カードにメモを取ることを、お試しになりましたか？」

「聞いたことを書くってやつだっけ？」

「はい。わたくしが今話したことを、カードに書いて頂いて結構でございますよ。千栄様の脳への刺激となって、着想になにがしかの貢献が出来るのであれば、光栄なことでございますから」

　千栄は「それはどうも」と口先だけで礼を言い、二個目のホットサンドに取り掛かる。そして窓越しに外を窺《うかが》った。

トラックが一台停まっていた。車体に擬人化した魚のイラストが描かれている。直立姿勢のその魚はウインクをして、笑みを浮かべていた。

鮮魚でも運んでいるトラックなのだろうか。

ふいに鮮魚の加工会社の作業場が頭に浮かんだ。

千栄は魚を捌《さば》くバイトをしたことがある。二十代の頃だった。魚が傷《いた》まないよう作業場は低い温度設定がされていて寒かった。作業中水を使うこともあり、ゴム手袋をしていても身体の芯から冷えた。そうした過酷な職場環境の中で、先輩のパート女性たちは安い時給で黙々と作業をしていた。昼になると彼女たちと一緒に小さな休憩室で弁当を食べた。

千栄は「どうしてこんなところで働くことになったんだい？」と五十代ぐらいの女性に聞かれた。

劇団を主宰していて、脚本を書いているが、そっちじゃ食えないので、バイトを転々としていると答えた。

女性は遠い目をして言った。「夢があるっていいね。まだ若いんだから、夢を叶えるまで頑張りな」と。

そして自分の弁当の中からエビフライを一つ取り出して、千栄が食べていた弁当の上に載せた。

「たくさん食べな」と言って。

「有り難うございます」と千栄は殊勝な顔で礼の言葉を発したが、心の中では反発していた。夢なんかじゃない。あと数年すれば脚本が評価されて、次々にオファーが舞い込んで有名になって、脚本家の名前で客を呼べるようになるのは絶対なのだから。少し先に待っている未来は分かっている。そう思っていた。あの頃は。

今振り返ると……自分の才能をあんなに過大評価出来たのは、どうしてだったのか。若かったからかな。

結局身体がきつくて、二ヵ月でそこを辞めた。エビフライをくれた女性は、最後に頑張ってと言ってくれたような気がするが、記憶がはっきりしない。

千栄はホットサンドを食べ終わり、紙ナプキンで口元を拭った。それからアイスコーヒーを啜《すす》る。

真穂が聞く。「以前千栄様は色々なバイトをなさってきたと仰っていましたが、どういったお仕事が多かったのですか？」

「本当に色々やったからなぁ。節操がないって感じで。勤務条件が合うものだったらなんでもいいからね。交通量の調査とか、試験監督とか、工場とか」

「接客のお仕事もございましたか？」

「やったけど、数でいうと少ないかなぁ。なるべくなら避けてたから」

「それはどういう理由なのでしょうか？」

「理由……」少しの間考えてから千栄は答えた。「ほら、接客仕事って大変なのに、時給が他のと比べると高くないから」

「確かにそういうところはあるかもしれませんね。それでは特に人間に興味がないということではないのですね？」

「ん？　まぁ、そうね」

「職場の同僚の方たちには色々な方がいらしたのではないでしょうか。そうした方たちのお話の中にドラマが隠されてはいませんでしたでしょうか？」

「それって、またカードに書くとかって話のこと？」

「はい」真穂が頷いた。

エビフライをくれた女性とどんな話をしたっけ。覚えていないなぁ。そこら辺にいるその他大勢って感じだったから、ドラマチックな話をもってそうでもなかったし。

千栄は告げる。「同僚たちと話ぐらいはしたけど、脳への刺激となりそうな強烈なエピソードを聞いた記憶はないんだよね」

「そうですか」と言った真穂は掌《てのひら》で窓外を指示した。「あちらにゴミ収集車がございますね。作業員の男性は六十代ぐらいでしょうか。千栄様があの作業員の方を主人公にしたお芝居を書くとしたら、どういったストーリーになさいますか？」

千栄はゴミの袋をかったるそうに収集車に放り込む男性をしばし眺めた。

そして考えを口にした。「彼を主人公にするなら……酷い上長とか、区長とか、知事とかと戦うストーリーにするんじゃないかなぁ」

「それは面白そうですね」と言って、真穂はアイスティーに口を付けた。

それから「宝塚の場合ですと」と言い出した。「あの男性は記憶喪失という設定にしそうです。自分が何者だか分からなくなって彷徨《さまよ》っているところを、娘さんに助けられるのです。その娘さんの実家で暮らすようになって、ゴミ収集車の作業員となります。ある日、男性が実は王子様だったと判明します。娘さんは身を引こうとするのですが……、といった展開になりそうな気が致します」

千栄は笑う。「まだ宝塚を観たことないけど、そういう展開にしそうっていうのは、分かるなぁ。ハーレクイン・ロマンスとか、コミックのストーリー展開に近いものが好きなファンが多そうだもの」

「他にもアプローチの仕方は色々あるでしょうが、例えばあの男性の今日に至るまでの人生に光を当てるというのはいかがでしょうか？」

「あの人の人生？」と窓外に人差し指を向けた。

「はい。どんな子ども時代だったのか、どんなご両親なのか、どんなきょうだいがいるのか、どんな学生生活だったのか、どんな人を好きになったのか。きっと色々なことがあったと思うのです」

「芝居になりそうなほどのことが？」

「はい。望むと望まざるとに拘《かかわ》らず、どんな人の人生も波瀾万丈《はらんばんじょう》でございますから」

やけに自信たっぷりに言うのね。ただの整理収納アドバイザーなのに。依頼した仕事はもう終わったし、アフターサービスだって済んだっていうのに、なんでこの人はこんなに客とがっぷり四つになるんだろう。まぁ、不快ではないんだけど。

千栄はストローを銜えた。そしてアイスコーヒーを思いっ切り吸い、飲み干した。

奥歯に少し痛みを感じた。

6

千栄は「三ヵ月後にまた来ます」と医者に言ってから診察室を出た。

よっしゃ。今回もわたしの勝ちだ。

右の拳にぐっと力を入れる。

今日は定期検診を受けに来た。

検査結果に問題なしと言われた千栄は、軽い足取りで通路を進む。

左手に持っているのは、受付時に渡されたクリアファイルだった。中には血液検査の結果表と処方箋《しょほうせん》が入っている。

エスカレーターの手前で、看護師の斉藤《さいとう》香織《かおり》と出くわした。

香織が「定期検診ですか？」と聞いた。

千栄は頷きピースサインをする。「問題なしって言われました」

「良かったですね」と笑みを浮かべた。

香織は千栄が入院していた時の担当看護師だった。

太い眉が印象的な人で、縁なしの眼鏡《めがね》によって理知的な雰囲気が増大している。見た目は千栄より十歳ぐらい年下と思われるが、十歳ぐらい年上のような落ち着きがあった。

手術の前日、千栄はトイレの個室で泣いていた。病院には一人で泣ける場所がトイレしかなかったのだ。重里や兄姉が病室にいる間は心配を掛けないよう、元気なフリをしていた。だが三人が帰ると恐怖心でいっぱいになった。仕切りの薄いカーテンを閉じて、ベッドの上で膝を抱えた。やがて涙が溢《あふ》れてきて声まで出そうになった。慌てて口を押さえた。同室の患者たちに泣き声を聞かせてはいけない気がした。それでトイレに駆け込み個室で泣いていたのだ。

トイレに誰かが入って来た音がしたので、千栄は口を手で覆い声が漏れないようにしたのだが、聞かれてしまった。

ドアがノックされ「大丈夫ですか？」と問われた。

具合が悪いのではなく、ただ泣いているだけだとドア越しに答えると、「だったら出てきてくださいい」と言われた。

千栄が個室のドアを開けると、そこに香織がいた。

香織は言った。「心配になっちゃいましたよね。皆そうです。手術の前の日は特に。大丈夫です。先生たち、頑張りますから」と。

そして千栄が泣き止むまで背中を撫《な》で続けてくれた。

千栄は医者に感謝しているが、それ以上に香織にも感謝している。

千栄は尋ねる。「三ヵ月後にまた検査を受けるので、その時は香織さんに会いに五階に行っていいですか？」

「三ヵ月後……次の検査は三ヵ月後なんですね。実は私、来月いっぱいでここを辞めるんです」

「えっ。そうなんですか？」

「地元に帰るんです。O県出身なんですが、そこの小さな診療所に看護師がいなくて、住民の人たちが困っているものですから」

「そうなんですか……香織さんに会えなくなるのは寂しいですけど、香織さんが決めたことなら、応援しなくちゃいけませんよね。頑張ってください」

「地元が嫌だったんですよ。凄く狭い世界だから窮屈で。一刻も早く地元を出たいと思って、親からは反対されたんですけど、東京の専門学校に入学して。医療の最先端のところにいたくて大学病院で働き始めて、満足してたんです。でもお正月に実家に帰ったら親戚や近所の人が、診てくれと言って集まって来ちゃって。私は医者じゃないと言ったんですけど、痛みとか、体調不良の愚痴とかを、聞いて貰うだけで満足するみたいなんです。最先端じゃないところだけど、私を必要としてくれる場所で働くのも、アリかなと思うようになったんです」

千栄は改めて世話になったお礼を言い、お元気でと声を掛けた。そして香織に手を振って別れた。

千栄は下りのエスカレーターのステップに足を乗せる。

あっ、これか。今聞いた話をカードに書けばいいのか。

真穂から勧められたカードに書くという手法を、千栄は未だに試していなかった。だが、今聞いた香織の話なら、アイデアのもとになってくれるかも。

一階に下りると、会計の窓口前に出来た列の最後尾についた。前に立つ二十代ぐらいの女性からは、柔軟剤の甘ったるいにおいがした。その前に立つ七十代と思《おぼ》しき男性は、脇に新聞を挟んでいた。

千栄は中学校で新聞委員をしていた。それで充分だったのだが、部活にも必ず入らないといけない学校だったため、しょうがなく文芸部に入部した。文化祭で演劇部が上演する脚本を、文芸部員が書く慣習があった。文芸部員全員が脚本を書き、その中から演劇部員たちが、やりたい作品を選ぶというスタイルだった。

初めて書いた千栄の脚本が選ばれた。脚本が選ばれた生徒は、演劇部の練習を、いつでも見学していいことになっていたが、千栄はどうでも良かったのでしなかった。

文化祭の前日になって、文芸部全員で演劇部の最終リハーサルを観に講堂に行った。そこで初めて自分の脚本の芝居を観た。鳥肌が立った。自分の頭の中で作ったキャラクターたちに、命が吹き込まれていたから。妄想の中にだけ存在していた世界が、くっきりとした輪郭をもった状態で目の前にあった。感動で言葉を失くした。

翌年もその翌年も千栄の脚本が選ばれた。そして本番を観て毎回同じように感動した。

新聞記者になる夢が断たれた時に、脚本家になろうと決めたのは、この時のことを覚えていたからだろう。

やっと千栄の番になり、会計のスタッフにクリアファイルを渡す。それとひきかえに番号が書かれた紙を受け取った。ベンチに座り、大きな掲示板に自分の番号が表示されるのを待つ。

掲示板の左横にはコーヒーチェーン店があり、二十人ほどがそこでお茶をしていた。

十五分ほどで千栄の番号が表示されたので立ち上がった。空いていた精算機に診察券を差し込む。

その時、隣の精算機から、もう一度最初からやり直せというアナウンスが聞こえてきた。精算機からやり直しを命じられているのは、七十代ぐらいの女性だった。困ったような顔で画面を覗いている。

それからぺちっと軽く精算機を叩《たた》くと、くるりと踵を返してその場を離れた。スタッフを探しに行ったのか、それとも支払うことを投げ出すのか。

千栄は精算を済ませると、自動販売機で飲み物を四本買って、南側にある警備員室に向かう。警備員室のカウンターには築山雄二《つきやまゆうじ》と、見知らぬ若い男性が着いていた。

千栄は築山の前に飲み物を置いた。「差し入れ」

築山が「おっと」と言い、「これからシフト？」と聞いた。

「違うって。まだ復帰してないっていうか、ここのバイトを続けるかどうかもまだ決めてないし。今日は検査だったから」と千栄は上を指差す。「築山さんが暇して船を漕《こ》いでんじゃないかと思って、ブラックコーヒーを買ってきた」

冗談じゃなく本当に、この築山は仕事中に居眠りをする。どうしてクビにならないのか不思議なのだが、この病院に派遣されている警備員の中では一番の古株で、二十年以上になるという。六十二歳の築山は背が高く、顔も長く、全体としてひょろ長かった。

築山が「さすが、千栄姐《ねえ》さん、優しいな」と言い、隣の男性に「千栄姐さんの差し入れだ」と缶コーヒーを渡した。

築山は男性を新人の川淵駿哉《かわぶちしゆんや》君だと千栄に紹介した後で「こちらは千栄姐さん。今は休んでいるがここの警備員の一員。花札が滅法《めつぽう》強いから心しておくように」と彼に教えた。

川淵は小さな声で「いただきます」と言って缶コーヒーのプルトップを開ける。

築山が川淵に見えないよう指を自分の身体で隠しながら、彼を指差し、声は出さずに口の動きだけで「カモ」と言った。

警備会社から派遣される警備員たちには、この警備員室の奥にある休憩室があてがわれている。この病院内の休憩室は医者用、看護師用、事務スタッフ用など職務ごとにきっちり分かれている。病院側は職場を風通し良くしようとは考えておらず、むしろ階級の違いを、各自の頭に刻もうとする魂胆のようだった。

警備員たちは専用の畳敷きの休憩室で、食事や仮眠を取る。ここで花札を始めたのは千栄だった。劇団の合宿でも必ず花札タイムを設けるほど、このゲームを気に入っているのだ。

最初は築山しか付き合ってくれなかった。だが築山への貸しが五万円を超えた頃から、参加者が増え始めた。気が付いたら医者や検査技師、薬剤師などが警備員用の休憩室を訪れるようになり、千客万来となっていた。花札は階級差を吹っ飛ばした。

缶コーヒーをちびちび飲んでいる簗山に尋ねた。「簗山さんはどこの出身？」

「俺の出身地を聞いてどうすんだよ」

「わたしが貸してるお金を踏み倒して、簗山さんがトンズラしたら、捜さなくちゃならないでしょ。そういう時、故郷に逃げそうだから出身地を聞いておこうと思って」

「あなたは時々、そういう怖いことを言うね」

千栄は笑う。「で、どこなのよ？」

「Y県」

「へぇ。いいところ？」

「どうかな。もう何十年も帰ってないよ。海の近くだから漁をやってるのが多くてさ、親父《おやじ》も漁師だった。だが俺が十二歳の時に漁に出て、親父も船も戻って来なかった」

「大変だ」

「あぁ、大変だ」簗山が繰り返した。「兄貴が学校をやめて漁師になって、家計を支えてくれたよ。まだ十六歳だったってのに。だからだろうが兄貴が親面《おやづら》し出してさ。それが気に食わなくてしょっちゅう喧嘩《けんか》してた。俺が十七歳の時にいつものように兄貴と喧嘩して、だがその日はどうにも腹の虫がおさまらなくてさ、家を飛び出したんだよ。貯めていた小遣いを持って電車に乗って、東京を目指したんだ」

「それで？」

「上野《うえの》駅に到着だ。さて、これからどうするかだよな。高校生が駅に一人でいたら、誰か声を掛けてくれるんじゃないかと考えて、立ってることにしたんだ。改札の前で」

「無茶苦茶だね、考え方が」

「そうだな。一日中立ってたんだが誰も声を掛けてくれないんだよ。しょうがないから近くの公園で野宿した。で、次の日、また改札の前に戻って立ってたんだ。そうしたら女の人が声を掛けてきた」

千栄は驚いて尋ねる。「本当に？」

「本当だ。大きなつばの帽子を被った人で、三十代ぐらいに見えたな。坊や、そこでなにしてるのって聞かれたから、家出をしてきて、誰か声を掛けてくれないかと、昨日からここに立っていると答えた。お腹は空いているの？　って言うから、ペコペコだって答えたら、美味しいものを食べさせてあげるから、ついていらっしゃいって歩き出した。だからその人の後をついて行ったんだ。まぁ、そんなこんなで、その人のヒモ暮らしがスタートしたんだよ」

「ちょっと待ってよ。展開が早過ぎるでしょ。『そんなこんな』のところ端折《はしょ》り過ぎだし。ちゃんと詳しく聞かせてよ」

なんだか今日はカードに書くことがたくさんある。今日はそういう日？　それとも元々わたしの周りにいつもあったの？　こんなドラマチックなことが？

簗山が首を反らして缶コーヒーを飲み干した。それから缶を背後のゴミ箱に放り投げた。

7

千栄は小声で尋ねた。「本当にご馳走になってもいいの？」

重里が「僕たちのために用意してくれたんだから、食べなきゃ失礼になるよ」と言うと、洗面所のシンクで丁寧に手を洗う。

千栄の二倍以上の時間を掛けて手を洗った重里は、洗面所を出た。

千栄はその後に続いて居間に移動した。

卓袱台《ちゃぶだい》にはカレーライスが盛られた皿が三つ、置いてあった。

この家の主《あるじ》、北村《きたむら》やよいの手料理だ。

先週、鉄道写真の撮影に同行したいと千栄が言うと、重里はとても驚いた顔をした。同時に嬉しそうな表情も浮かべた。

これまで一度も千栄が同行を希望しなかったのは、鉄道に興味がなかったというのもあるし、重里の大切な趣味の時間を、邪魔したくないとの思いがあったからだった。だが重里の色んなことを知りたくなって、今日は初めて彼について来た。

てっきり電車で現地に向かうのだろうと思っていたが、重里は彼の叔母から車を借りてきた。その車で三時間掛けて着いたのが北村家だった。

北村家の庭からだと、目当ての電車の映える写真が撮れるそうで、年に一、二度訪問しているという。

重里は北村家に到着すると、やよいに手土産の菓子折りを渡した。そしてやよいから請われるままに電球の交換をし、水道のナットを締めて蛇口からの水漏れを止めた。次に庭の雑草を抜き始めた。

それなら出来そうだと、千栄も雑草取りを手伝うことにした。

二人で雑草と戦っていると、台所からカレーライスの匂いが漂ってきた。

しばらくしてやよいが「お昼だ」と大きな声を上げた。千栄たちは雑草取りを終わりにし、やよいに促されるまま洗面所に移り手を洗ったのだった。

千栄は「いただきます」と言ってからカレーライスを口に運んだ。

懐かしい味がした。子どもの頃に、お母さんが作ってくれたカレーライスに近いかも。

千栄は告げた。「美味しいです。本当に凄く美味しいです」

隣の重里は同意を示すように頷きながら、物凄いスピードでカレーを口に運んでいる。

やよいが「都会の人の口に合うか分からんかったけど、そいじゃったら良かったわ」と言った。

やよいは七十代ぐらいだろうか。白髪の前髪を耳の上辺りにピンで留めている。カーキ色のチュニックのポケットには、猫のアップリケが付いていた。

六畳の部屋の壁には、演歌歌手の大きなポスターが貼られている。窓は十センチほど開けられていて、風をはらんだレースのカーテンが揺れている。そのカーテンには直径五センチほどの穴が開いていた。簞笥《たんす》の上に置かれたラジオからは、三十年ぐらい前に流行《はや》った歌が流れてくる。

初めて訪れた場所なのに懐かしく居心地が良かった。

カレーライスを食べ終わると重里は庭に三脚を立てた。その後ろに折り畳み椅子を二つ置いた。

千栄は右の椅子に腰掛ける。

重里は真剣な表情でカメラを三脚にセットし、なにやら調整を始めた。

しばらくして重里が言う。「モニター覗いてみて」

千栄は立ち上がりモニターを覗く。

左右に線路が走り、その手前に茂るススキが映り込み、線路の向こう側に並ぶ樹々も、しっかりとフレームに収まっていた。

重里が説明する。「ここを黄色い車両の電車が通るんだ。ススキがいい感じだから秋っぽい写真が撮れそうだよ」

椅子に座り直してから聞いた。「ここの場所はどうやって見つけたの？」

「どこから撮ろうかとここら辺をウロウロしている時に、たまたま台車に肥料を載せて運んでいた、やよいさんを見掛けたんだ。大変そうに見えたから、運びましょうかって声を掛けたら、お願いって言うんで運んでさ。なにしてたんだって聞かれたから、鉄道の写真を撮りに来て、いい場所を探していたと言ったら、うちの庭からならよく見えるというんで、お邪魔させて貰ったんだ。そうしたらここだよ。最高の場所だったんだ。この庭から写真を撮らせて貰えないかと頼んだら、いいと言ってくれて、それから通うようになったんだ。ここからの写真は僕にしか撮れないから、結構撮り鉄仲間から羨ましがられているんだ。どこから撮るかが、勝負の分かれ目ってところがあるからね。ここの電車に関しては僕はいつも勝てるんだ」

勝てるなんて言葉を重里から聞くの初めてかも。わたしはしょっちゅう言うけど。重里にそんな一面があったなんてね。

千栄は空を見上げた。

一羽の鳥が羽を広げて、ゆっくり円を描くように飛んでいる。

千栄は振り返り、縁側の奥へ目を向ける。「やよいさんは？」

「多分畑に行ったんだと思う。また帰りに、たくさん野菜をくれるつもりなんじゃないかな」

「そうなの？　大量の野菜のお土産を持って帰って来た重里の記憶、ないんだけど」

「ここに来る時に叔母さんの車を借りるでしょ。返す時に叔母さんに野菜をあげるからね。でも少しは持って帰ったことあるよ。冷蔵庫に入っているのに、千栄ちゃんが気付かなかったんじゃないかな」

「そっか」千栄はもう一度振り返る。「やよいさんはどんな人生を過ごしてきた人なんだろうね」

「さぁ。やよいさんはそういう話をしないから分からないな」

「重里も話さないよね。子どもの頃の話とか。話したくないなら別にいいんだけど」

重里がちらっと自分の腕時計を見てから、千栄の隣に座った。「十歳の時に叔母さんが僕を救い出してくれたんだ」

千栄は重里の横顔を見つめて次の言葉を待つ。

少しの間を置いて重里が語り出した。「僕は覚えてないんだけど、当時風呂に入ってなかったから、かなり汚れていたらしい。ガリガリに痩《や》せてて、髪はボサボサだったって叔母さんが言ってた。あと、僕はずっと電車の模型を握りしめていたとも言ってたな。親から買って貰った唯一のオモチャだったんだろうね。叔母さんの家で暮らすようになって、戸惑うことばかりだった。そのことは覚えているんだ。大人から無視されることに慣れていたからね、誰かに心配されたり、怒られたり、楽しいかと聞かれたりっていうのに、どう対応したらいいか分からなかったんだと思う。慣れるまでに一年ぐらい掛かった」

話さないのは、なにかあるんだろうなと思ってはいたけど……そんな子ども時代だったなんて。わたしは重里のことをなんにも知らなかった――。

千栄は尋ねた。「ご両親は今は？」

「いつだったか……四年か、五年ぐらい前かな。叔母さんのところに金の無心に来たって。で、叔母さんが叩き出したらしい」

「そういうところ、格好良くて好き」

「うん」頷いた。「千栄ちゃんは叔母さんに似てる」

「うっそ。わたしは強盗を追い返したりは出来ないよ」

重里が声を立てずに笑う。

千栄は質問する。「叔母さんに似ていると思って、わたしと付き合うことにしたの？」

「どうかな」

「わたしで良かったの？　もっと若い人にしてたら子どもをもてたよ、きっと。今からだって間に合うよ。まだ重里の年齢なら」

ゆっくり頭を左右に振った。「僕は千栄ちゃんがいいんだ」

「……ありがと」

重里が立ち上がった。モニターを覗き、またなにかを調整した。

「もう電車来る？」と、千栄。

「まだ。二十分後」

そんなに先なのにスタンバってるのか。撮り鉄をやるのも大変だ。

重里が聞く。「脚本が書けないって言ってたけど、どうなの調子は？」

「えっとねぇ、なんとなく書けそうな気がしてきてる。まだ予感があるって程度なんだけど、なんとなくね。多分これまでとは違うテーマになるかな。身近にあるドラマに光を当ててみようかなって、思ってるんだよね」

「そうなんだ」

「そうなのよ。それでね、兄ちゃんと姉ちゃんに、会いに行くつもりなの。二人には手術の時に心配かけたし、お金貰ったりもしたから顔を見せに行こうかなって。それで二人の話を聞いて来ようかと思ってるんだよね。多分……いや、多分じゃなくて絶対二人にもドラマはあるはずだから。兄ちゃんと姉ちゃんのドラマをね」

重里が頷き、モニターを覗いた。
その丸くて大きな背中を眺める。
しばらくしてガタンゴトンと、電車の走行音が聞こえてきた。
千栄はその音に耳を澄ました。

本書は、祥伝社ウェブマガジン「コフレ」に二〇二四年八月一日から十二月一日まで掲載され、著者が刊行に際し、加筆、訂正した作品です。

——編集部

切りとり線

あなたにお願い

この本をお読みになって、どんな感想をお持ちでしょうか。次ページの「100字書評」を編集部までいただけたらありがたく存じます。個人名を識別できない形で処理したうえで、今後の企画の参考にさせていただくほか、作者に提供することがあります。

あなたの「100字書評」は新聞・雑誌などを通じて紹介させていただくことがあります。採用の場合は、特製図書カードを差し上げます。

次ページの原稿用紙（コピーしたものでもかまいません）に書評をお書きのうえ、このページを切り取り、左記へお送りください。祥伝社ホームページからも、書き込めます。

〒一〇一―八七〇一　東京都千代田区神田神保町三―三
祥伝社　文芸出版部　文芸編集　編集長　金野裕子
電話〇三（三二六五）二〇八〇　www.shodensha.co.jp/bookreview

◎本書の購買動機（新聞、雑誌名を記入するか、○をつけてください）

＿＿新聞・誌の広告を見て	＿＿新聞・誌の書評を見て	好きな作家だから	カバーに惹かれて	タイトルに惹かれて	知人のすすめで

◎最近、印象に残った作品や作家をお書きください

◎その他この本についてご意見がありましたらお書きください

100字書評

腕が鳴る

住所

なまえ

年齢

職業

桂 望実（かつらのぞみ）
1965年、東京都生まれ。大妻女子大学卒業。会社員、フリーライターを経て、2003年、『死日記』でエクスナレッジ社「作家への道！」優秀賞を受賞しデビュー。05年刊行の『県庁の星』が映画化されベストセラーに。他の著書に『恋愛検定』『僕は金になる』『残された人が編む物語』（すべて祥伝社）、『息をつめて』『この会社、後継者不在につき』『地獄の底で見たものは』など多数。

腕《うで》が鳴《な》る

令和 7 年 3 月 20 日　　初版第 1 刷発行

著者———桂《かつら》 望実《のぞみ》
発行者——辻 浩明
発行所——祥伝社《しょうでんしゃ》
〒101-8701　東京都千代田区神田神保町 3-3
電話　03-3265-2081（販売）　03-3265-2080（編集）
03-3265-3622（業務）
印刷———萩原印刷
製本———積信堂

ISBN978-4-396-63676-0 C0093
祥伝社のホームページ・www.shodensha.co.jp

祥伝社

四六判文芸書

突然の失踪。動機は不明。音信は不通。
消えてしまったあなたへ――

残された人が編む物語

桂 望実

足取りから見えてきた、失踪人たちの秘められた人生。
喪失を抱えて立ちすくむ人々が、あらたな一歩を踏み出す物語。